JN110835

# 野球の子

大藤 崇
OFUJI TAKASHI

幻冬舎 MC

# 野球の子

# 目次

# 第一章　プレイ・ボール

銀のさじをくわえて生まれてきた、という言葉があるよね。

地元でもよく知られた家、蜷木(になぎ)家に僕は独りっ子として生まれたんだ。大事な跡取りであった僕に、親は何でも買ってくれたっけ。

週刊誌に漫画、子ども向けの文学全集に百科事典、画集。三百五十分の一スケールの戦艦大和プラモデルや、当時皆が憧れていたドロップハンドルのついた五段階変速の自転車もあった。僕の部屋には、子どもが好む、ありとあらゆる物がそろっていたと思うよ。

「曾祖父さんからの贈り物よ」

母が手渡してくれたのは、七五三用のタキシードとシルクハット。今思い出してみても、思わず

「手品師かよ」

とつっこみを入れたくなるプレゼントだったっけ。

将棋に少し興味を覚えたら、さっそく次の日には、桑の駒台に、黄楊(つげ)で虎斑(とらふ)の駒、榧(かや)の六寸盤がそろえられていたんだ。

レコードもいろいろ買ってくれた。クラシックって言われても、子どもにはわからなかった。

「ピアノを習いなさい」

「嫌だ」

こんな会話は日常茶飯事さ。

なんだって勝手にそろえられ、僕が言わなくても、先に先に準備されていくんだ。

食事にしたって

「崇。湯葉を食べてきなさい」

ブルートレインに乗せられて、朝早く京都駅に降りたこともあるよ。

「あちらにおじさんがいるから、一人で海外に行っておいで。これも経験だ」

急に言い渡され、一人でハワイ行きの飛行機に乗せられたこともあったっけ。

飛行機は何回乗ったかわからないぐらいさ。九州の田舎の子にしては、比較的恵まれていたと思う。

僕の父は医者で、母は大きな会社を経営していた。

何の不自由もなく過ごした少年時代の話を聞くと、他人は

「なんと幸せな少年ね」

と思うかもしれないなあ。

でも僕は、毎日がたまらなく辛かったんだ。

仕事を第一と考える僕の両親は、子どもと一緒の時間を過ごしてはくれなかった。家族そろって夕食を、とか、今年の夏は海に皆で泳ぎに行こうね、とか、そういった家族行事は、僕の生家には全くなかったんだ。

僕には家族全員で何かをした、という記憶がない。自分でやらなきゃ誰もしてくれないから、今でも家事全般は一通りできるのさ。

両親も、僕が一人で過ごす時間が多いことを気にしてはいたんだと思う。僕の家には、お手伝いのまゆみさんや、書生の弘田さんがいた。でも、僕は誰とも馴染めなかった。唯一の仲良しは、どこにでもついてくる黒犬くらいさ。

毎日独りぼっちで食べる夕食もつまらなかったなあ。でも、僕には、それにもましてもっと嫌なことがあった。それは、学校だったのさ。

もともと引っ込み思案な性格だったし、他人ばかりに囲まれて育ったのに、人見知りが激しいんだ。体も弱かったから、学校に登校できない日も多かった。つまり、同い年の子たちとの接し方が、まるでわかっていなかったんだ。

教室の隅で、僕は毎日黙って座っているだけ。家にいる弘田さんが、変に気をつかって勉強を教えてくれるもんだから、授業は全く面白くなかった。

放課後に皆と遊びたいと思っても、その一言が言い出せない。喉の奥に何か詰まったような、重苦しい気持ちになっていると、皆はさっさと遊びに行ってしまう。ああ、今日も言えなかったな、と思っていると、迎えの車が来るんだ。そして僕はいつものように家に帰り、弘田さんに勉強を教わった後、一人で食事をとる。こんな毎日だったのさ。

あの日のことは、今でも思い出せる。よく晴れた夏休みの朝、僕は倉庫の整理をしていた。その日は、特に蝉の声がうるさく聞こえたんだ。

僕は額に汗をにじませながら、漫画の本を探していた。あちらの箱を開き、こちらの棚を見ても、ちっとも見つからない。

一体、どこにしまったんだろう。買ってもらったばかりの服が、汗とほこりで、どんどん汚れて黒くなっていく。これはどこにあるかわからないな、この段ボールの中になかったら、もういいや。疲れ果てた僕は、したたる汗を腕でぬぐい取って、奥にあった段ボールの箱の中をのぞき込んだ。

まず、焦げ茶色の野球グローブが目に飛び込んできた。グローブの底には、白い軟式球が八個、黒いバットが数本入っていた。

漫画や子ども向け小説を読んでいたから、野球は知っていた。でも、野球の道具を手に取ってみたのは、生まれて初めてだったのさ。僕は、思わずグローブを自分の手にはめてみた。

でも僕は左利きだったから、右利きグローブは当然しっくりこなかった。

「あった!」

たくさんのグローブの中から、左利き用を見つけ出した僕は、見よう見まねで、そのグローブにボールをたたきつけてみた。すると、パチッ、ピシッとすごくよい音がした。

なぜ、この音はこんなに魅力的に聞こえるんだろう。

僕は気づくと、グローブを持って壁の前に立っていた。そして、思い切り、ボールを壁に向かって投げてみたんだ。恐ろしくつたない投げ方だったろうけど、僕は何だかとってもうきうきしたんだ。

その日、僕は夢中になって投げ続けた。ポン、ポン、と壁から音がするので、まゆみさんが慌てて家から出てきた。

まゆみさんは僕の姿を見ると、黙って帽子をかぶせてくれた。お昼ご飯の時間が過ぎ、午後の日差しに気温はますます上がっていったけど、僕は何も気づかずボールを投げ続けた。

ずいぶん時間が過ぎたみたいだ。投げ疲れた僕がようやく家に入り、まゆみさんの作ってくれたおにぎりを夢中でほおばっていると、急にまゆみさんが言ったんだ。

「坊ちゃんが、ご自分から何かをやるのは初めてじゃないですか」

塩のきいたおにぎりはとてもおいしかった。水をごくごく飲んで、僕は四つめのおにぎりを手に取った。まゆみさんは、自分に言い聞かせるように、ゆっくりと優しくつぶやいた。

「よいことですよ。ご自分のやりたいことをするのが、一番ですよ」

日頃僕は、まゆみさんとまともに話をしたことがなかった。何だか気恥ずかしくなり生返事をして、僕はシャワールームに向かった。ようやく汗を流し、部屋に戻って横になると、気づいたらもう夜になっていた。寝ちゃったんだな。

食事の用意はしてあった。でも家の中には誰もいない。しんと静まり返った中でテレビをつけてみると、野球のナイターが始まっていた。

今まではナイターなんて興味がなかった。でも今日は違う。僕がさっき投げていたボール。そのボールを、僕と同じ左利きの人が、しなやかにキャッチャーのミットめがけて正確に投げ込んでいるんだ。

その人は大きく、体から自信がみなぎっている。その人のすごさはテレビ越しでもわかった。縦縞の服を着たその人が放ったボールは、すごく速くて、まるで意思を持つかのように、バットをすり抜けていく。

「いやあ、今日のピッチングは素晴らしい。これで七回を終わって三振が十二です。今日は打てませんよ」

「これではキングスも手も足も出ませんね。後はビッグ・キャッツが一点取れば、それで終わりでしょう」

僕は必死でアナウンスの声を聞いていた。左利きの投手の名前が、とっても知りたかった。コマーシャルが終わって、その人がピッチャーズ・マウンドに上がってゆく。そこで僕は彼の名前を知った。その背中には《NATSUDA28》と書かれていた。

その日、僕はちっとも寝つけなかった。僕と同じ投げ方をするすごい人がいる。あんな球はどうやったら投げられるんだろう。球を上手に取る小柄な人もいた。球を遠くに飛ばせる人もいた。僕もあんな風になりたい。あんな所で野球をしてみたい。

そう、僕はよく晴れた夏休みの日に、野球に出会ったんだ。そして、その日のうちに僕は、野球とビッグ・キャッツと夏田に恋をした。

その夏休みは、あっという間に終わってしまった。僕は朝早く起きると、牛乳を飲み、プロ野球の選手が書いた優れた解説書を小脇に抱え、いつもの壁に向かい合う。

僕は自分の将来の姿を想像しながら、アナウンサーの口まねをする。

「薄日差す、甲子園のマウンド上に、蜷木投手が上がりました。午後六時のプレイ・ボール。さあ、蜷木投手、大きく振りかぶって第一球を投げました。ストレート。外角いっぱいに決まって、ストライク・ワン！」

壁に向かってボールを投げつけると、僕はプロ野球選手になれる。初めにボールを投げた時より、ずいぶん上手くなっていると思う。解説書を繰り返し読むことで、フォームも意識するようになった。

弘田さんがいる時は、キャッチボールをする。お昼には、まゆみさんがバターと蜂蜜をたっぷりかけてあるホットケーキをたくさん作ってくれるんだ。午後は家の中でバットを振ったり、天井に向かってカーブの投げ方を練習したよ。何度も何度も繰り返し読んだ野球の解説書は、もう手放せなくて、ぼろぼろになってしまった。夕方になれば、コロと名づけた黒犬と一緒に走ったり、ナイターを見たり、ラジオの野球放送を聞いた。野球に出会ってから、一日一日があっという間に終わってしまう。

ビッグ・キャッツやキングス、そしてフェニックス。強いチームのラインナップは全部覚えてしまった。体が弱くて細くて、風邪ばかりひいていた僕だけど、その夏休みの間は、一度も寝込んだりしなかった。

そして二学期が始まった。僕は朝から全く落ち着かなかった。今日こそクラスの子を誘って野球をするんだ。でも、こういう時に限って、時間はちっとも過ぎてくれない。授業は、いつにもまして少しも頭に入ってこない。

　休み時間、隣の席の中田君が話しかけてきた。

「何そわそわしてんだよ」

「……」

「お前はちっともしゃべらないけど、俺たちのこと、馬鹿にしてんだろ」

「……」

「何か言えよ、バーカ」

「馬鹿になんてしてないよ。君ら放課後に野球をやっているだろう。僕も入れてほしいんだ」

「……」

「僕も野球がしたいんだ。だめかな」

「お前としゃべったのは、これが初めてだな。いいよ、いいけど野球できんのか」

「上手いかどうかはわかんないけど、僕、野球好きなんだ」

「ふーん、どこが好き?」

「ビッグ・キャッツ」

「俺はキングス」

その時、ちょうどベルが鳴り、授業が始まった。でも、僕たちはすぐに廊下に立たされてしまったんだ。野球の話をしていて、先生の話を何も聞いていなかったからだ。そして放課後になった。

中田君が校庭を駆けていく。バットを持った子、グローブを持った子、半ズボンの子、半袖の子。新学期が始まったばかりの、まだ強い日差しの中、皆が駆けていく。

ジャンケンでチームを分けて、五人ずつで三角ベースが始まった。僕はピッチャーをやらせてくれって言おうとしたけれど、例の、喉の奥に何かが詰まったような感じがして、気づくと外野に立っていた。

僕のチームのピッチャーはひどかった。ちっともストライクが入らないし、スピードもない。僕は外野で球拾いばかりさ。

点差も開く一方なんだよ。たまらず僕は
「タイム！」

と言って、ピッチャーのそばに走り寄った。

「ねえ、一人だけでいいから、僕に投げさせてよ」

「やだよ」

「お願いだよ。一人だけでいいからさ」

「お前、今日初めてだろ。外野だって上手くできないだろ」

みるみるうちに、ピッチャーの子が不機嫌になっていく。

仲間に入れてもらえた最初の日なのに、しくじったな、と思っていると、中田君
がやってきた。

「いいじゃん、こいつに一人ぐらい投げさせてやったら？」

「何で」

「いや、こいつ、結構野球詳しいよ」

「ふーん、じゃあ、一人だけな」

その時の僕の気持ちをどう表現したらいいんだろう。

君らは僕の夏休みの秘密練習を知らないだろう？　僕のまっすぐとカーブを打てるはずがない、という自信？　いや違うな。アイツ野球下手だなと思われたらどうしよう、という緊張？　うーん、どれも少しずつ近いかな。

あっそうだ！　僕に今、友達ができようとしている。そして今野球をしている、という充実感だ。それだ。きっとそれなんだ。

「ぼけっとせずに、早く投げろよ！」

驚いた僕は、ごく自然に振りかぶり、ボールを投げていた。

「ありゃ、投げちゃった」

僕の記念すべき第一球は、あっけない感覚しか残らなかった。でも、自然体で力が入らなかったのがよかったんだろう、我ながら回転のいいまっすぐを投げることができた。もちろん、バッターは空振りさ。三球三振を取った後、中田君が来て、こう言ってくれたんだ。

「すごい球だな。この後、お前ずっと投げろよ」

まんまるで大きな夕日が沈む頃、僕らは校庭の隅で、給食の残りのパンを食べた。そして、空き瓶に水と粉末ジュースの素を混ぜたものを飲みながら、今日の自分たちのプレイについて語り合った。

「お前さ、あのカーブ、どうやって投げんの？」

「うーんとね、釣りしたことある？」

「フナならあるけど」

「釣り竿をね、投げる感じで、こう、球の縫い目に指をかけて、球を抜くんだ」

「すげえな、何でそんなこと知ってんだ？」

「野球の本に書いてた」

「その本、貸してくれよ」

「いいよ」

「それとさ」

「何？」

「明日も一緒に野球しようぜ」

「うん！」

「じゃあ、もう暗いから帰ろ」

「じゃあな」

「また明日な」

僕は嬉しくて嬉しくてたまらなかったんだ。今まで誰も友達がいなかっただろ。でも、今日少なくとも、一人は僕と気持ちが通じ合う人がいる。家に帰ると、弘田さんが座っていた。

「今日お迎えに上がったんですが、坊ちゃんが野球をしているのを見て帰りました」

「ごめんなさい、でも声をかけてくれればよかったのに」

「いい球、投げてたじゃないですか」

「本当？」

「うん、綺麗な回転のかかったいい球でしたよ」

「ありがとう」

「でもね、今日夢中になって投げてる坊ちゃんを見て、僕は本当によかったなって思っているんですよ」

「……」

「坊ちゃんの周りには大人しかいない。物質的にはね、恵まれているけど、人間にはもっともっと大切なことがある、と僕は思っているんですよ」

「……」

「それは人を好きになることです。そして人から好かれるということです。愛し、愛される、ということが人にとって一番大切なことだと思います」

「よくわからないよ」

弘田さんは眼鏡の奥の目を細めると、言葉なく何度かうんうんと頷いていたっけ。

今、僕と中田君と弘田さんは、大阪へと向かう夜行列車の中にいる。僕はあの日以来、どうしても甲子園球場、あの夏田が投げていたグラウンドを見たくてたまらなかったんだ。中田君を誘ってみたら、

「本当？　絶対行くよ」

と即答してくれた。最初は二人だけで行くつもりだったのさ。でも、子どもだけでは危ないということで、東京まで帰省する弘田さんが同行してくれることになったんだ。

ビッグ・キャッツの観戦チケットは取れなかったけれど、高校野球大会なら大丈夫らしい。僕らの住む九州から甲子園までは、寝台列車で約十時間かかる。でも、僕と中田君にとって、その時間は天国だったよ。クラスの女の子の話やテレビの話もしたけれど、結局、最後は野球の話につながっていく。

僕らは広島も知らず、岡山にも気づかず、ただただ野球の話をした。

「中田君のグローブ、形いいな」

「いいだろー」

「何でそんな形になんの？」

「教えない」

「教えてよ、頼むよ」

「やだ」

「お願い」

「教えるから、ジュースおごって」

「いいよ」

「グリースって知ってる？」

「知らない」

「グローブに塗る油があるんだ。それを上手に塗るんだよ。それで乾いたら、球をグローブに入れて、紐でしばるの」

「へー、それでどうなるの？」

「馬鹿だな、一晩おくんだよ。それを繰り返して、毎日グローブの手入れをしていたら、こうなるよ」

「じゃあ、大分に帰ったらすぐやるよ」

「俺、オレンジ味のやつがいい」

「買ってくる！」

まあ、こんな感じさ。話が盛り上がり過ぎて、ロビーカーでキャッチボールを始めた僕らは、車掌さんにこっぴどく叱られた。弘田さんが大慌てで、とりなしてくれたっけ。

いくつかの乗り換えをして甲子園に着いたのは、朝八時頃だったと思う。駅を駆け足で通り抜けると、右手にたくさんのお店が並んでいる。まだ朝というのに、顔を赤くしてビールを飲んでいるおじさんがいる。サインボールを売るお姉さんがいる。僕らと同様に、野球帽をかぶり、座っている子どもがいる。

弘田さんが何かを指さしている。

「坊ちゃん、甲子園ですよ」

黒い外壁に緑のツタが生い茂り、絡まり合っている。「阪神甲子園球場」と大きなプレートがかかっていて、僕と中田君は、その大きさに圧倒されていた。

弘田さんに連れられた僕らは、球場に入る前に一周してみた。僕らは懸命に走ったけれど、なかなか一周できない。

「でっかいな」

「でっかいね」

「俺、横腹が痛くなった」

昨日は寝台列車の中で、ほとんど徹夜だ。荒い息づかいが残ったまま、僕らは球場の中に入った。イカを焼く匂いが鼻を刺し、甘そうなカレーライスの匂いが漂ってくる。

「かち割り、いかがっすかあ」

「メンバー表いかがっすかあ」

「焼き鳥、ビール、水割り、ありまっせえ」

野太い声がする方を見ると、薄暗く細長い通路があり、その先から強い日差しが差し込んでいる。

「中田君、あっちがグラウンドだよ」

「うん」

僕らは光に向かって駆け出した。その光を抜けた途端、僕と中田君は、同時に
「わあ」

と言ったきり、何も言えなくなったんだ。

広大な外野に敷き詰められた、鮮やかな緑の芝。黒い土。何万人いるんだろう。観客席は白が目立つけれど、所々に違う色がばらまかれている。浜風が運んでくる潮の香り。大きな銀色の傘がバックネットに覆いかぶさり、スタンドは何段あるの

か、僕の目の高さからは、はっきりわからない。ヤジや応援がひっきりなしに飛びかい、その中を選手たちが自分の守備位置へと走っていく。

甲子園大会を讃える有名な歌が終わると、大歓声が僕らの周りから沸き起こり、観客が皆立ち上がって、割れんばかりの拍手を選手に送る。僕にもなんとなくわかった。確かに何だか、胸が熱くなった。

それから、僕らは何時間ここにいたんだろう。日はすでに落ち、照明灯からは強いけれど柔らかい光が、無人のグラウンドを照らしている。歓声もなく、人気もない球場を後にした僕らには、何の言葉も見つからなかった。その夜は死んだように眠り、翌日僕らは新幹線で帰途についた。

弘田さんは東京へと帰ってしまい、中田君は昨日の疲れが出たんだろう。隣でぐっすり眠っている。僕はもう心に決めていた。いつの日にか、僕はあのグラウンドの上に、縦縞のユニフォームを着て立つと。

# 第二章　フィルダース・チョイス

僕は高校に入学した。入学と同時に、野球部に入部、甲子園大会で五連覇を達成した。ついでに国体も神宮大会も優勝。その年のドラフトでビッグ・キャッツから一位指名を受けて、プロ野球選手になった。あらゆるタイトルを独り占めし、ビッグ・キャッツを何度も日本一にした。そして、海を渡り、ニューヨーカーズに入団、世界一となった。

というのは真っ赤な嘘で、本当なのは高校に入学した、ということだけだ。

中学生まであんなに熱心に打ち込んでいた野球から、結局僕は離れてしまった。

怪我をしたり、野球に挫折した、というわけではない。全ての物事には理由がある。快活で行動力に満ちた母が、まだ三十代後半という若さで、突然癌になってしまったんだ。母もいろいろあったんだろうけど、家庭を捨てて、好きな男と逃げてしまった。

もちろん父にも、問題がなかったわけじゃない。朗らかで天性の楽天家で仕事好きの父は、母の病気が発覚した後、現実逃避もあったのだろう。前にもまして家には戻らず、ますます職場に入り浸るようになっていた。つまり、首の皮一枚でつながっていた僕の家は、母の発病で、簡単に崩壊してしまったんだ。

一度だけ僕は、母が男と住んでいる隠れ家に行ったことがある。そこは昔から所有していた温泉地にある別荘で、何度か僕も訪れたことのある静かな場所だ。もちろん誰かが教えてくれたわけじゃない。でも病身であるはずの母が、そんなに遠くに行けるはずがない。きっと、そこにいると僕は確信していた。

「帰ってきてほしい」

僕は母にそれだけを伝えたかった。いや、ただ会いたかっただけかもしれない。

一人で切符を買い、誰にも言わずに列車に乗った。

秋が深まりゆく頃だったと思う。列車を降りた後、僕は、バスに乗り込んだ。バスは、海沿いのうねうねと曲がりくねった国道を走り、温泉街を抜けた。

坂の多い別荘地に、その隠れ家はあった。僕は緊張して玄関のベルを鳴らした。母が、僕が来たことに気づいてくれれば、扉は開かれるはずだ。しかし、いくら待っても返事はなかった。僕は何度も何度もベルを押し続けた。

何時間、僕はそこにいたのだろう。日はとうに落ち、月がはっきり見えていた。もう帰るしかないと、僕が足を踏み出したその時だ。母が暮らす隠れ家に、明かりが灯った。そう、母は男とその隠れ家にいたのだ。

お母さんはもう、僕のお母さんじゃない。お母さんは、僕やお父さんじゃなくて男を取った。お母さんは女だ。薄汚い女だ。でも僕の母親だ。どんなに嫌でも、僕の母親なんだ。

母の病気、そしてやがて死ぬだろうということも、僕はわかっていた。

僕の父は医者だ。

僕がまだ幼かった頃、朝帰りの父は、玄関先でよく母に塩をかけられていた。

「何？　どうしたの」

「うん、今患者さんが亡くなってな」

肩を落とした父の大きな背中に、僕は、彼の背負っている責任の重さを感じ取った。ああ、今、人が一人死んだのか。幼い僕には少しも実感がない。だけど、生きているものは、いつか皆必ず死んでいく、ということさ。これが我が家の日常であり、死は常に隣り合わせにあった。

死を目前にした母は、何を考えていたのだろう。その頃の僕には、もちろん想像できるはずもない。僕の周りは全て敵で、理解者などいない。僕はもう、一匹の獣になっていた。

僕が幼い頃から、なぜか母方の親戚は皆、父のことを嫌っていた。そして親戚たちは、信じられないことに、母とその浮気相手をかばったんだ。

離婚になるのか、このまま両親は別居のままなのか。

「あなたはどっちについてゆくの？」

何度も何度も、僕は親戚に聞かれた。

その疑問になんと答えればいい？　その時は上手く表現できなかったけれど、今なら言える。

It's not fair.

僕の気持ちなんてまるで考えず、親戚たちは、あなたのお父さんは悪い人よ、お母さんについていきなさい、なんてしつこくつきまとった。

数ヶ月の逃避行の末、結局母は家に戻ってきた。両親は疲れてボロボロで、格好悪かった。でも、もっと格好が悪かったのは僕だ。僕は何もかも嫌になっていた。

学校も友達も大好きな野球も、全てどうでもよかった。高校生なのに学校にも行かず、街をぶらぶらさまよい歩き、ろくに家に帰らなくなった。

自分の病気をかえりみず男と逃げた母。苦しむ母と僕に背を向けるように、全て見て見ぬふりを続ける父。ただの野次馬となり、物事の本質をみない親戚。

全てが許せなかった。

僕は周りの人間に対して絶望した。

まゆみさんや弘田さんが、すさんでいく僕に対して何かを言ってくれたようにも思うけど、僕は聞く耳を持たなかった。同じ高校に進学した中田君も、心配して家に何度も来てくれたけれど、僕は口を固く閉ざすしかなかった。たとえ、つかの間でも、この状況を忘れられることができれば、なんだってよかったんだ。

そして、時だけが過ぎた。母はこの世を去った。父とは向かい合うこともなく、お葬式は形だけ、空虚で大袈裟な演出で終了した。

親戚は母の形見を我先に取り上げ、あっという間にいなくなった。僕は高校三年生になっていた。そんな僕に、ある時手紙が届いた。

　蜷木崇君へ
　君のお母さんのことは、本当に残念だったと思います。君のことはずっと気になっていたけど、なかなか会ってくれないので、男同士で照れくさいですが、こうして手紙を書きました。
　今、君はお母さんを亡くしてしまい、周りは誰も理解してくれない、という寂しい気持ちでいっぱいでしょう。僕は君と小さな頃からずっと遊んでいましたから、君の家庭環境は大体わかります。だから、君が朝から学校にも行かず、喧嘩や博打ばかりするのもわからんではありません。でも、僕は君の友達と思っているから、はっきり書きます。
　今君がやっていることは、ただの甘えです。ただのバカです。もし僕にここまで書かれて反発しないなら、君はただのくずです。

僕は君の才能を惜しみます。君は中学の時から、野球部の部長が打てないぐらいの球を投げていたんだ。このまま、野球をやめるなよ。

初めて野球をした日の君の笑顔を僕は忘れていません。もし気が向いたらいつでも電話をください。また一緒にキャッチボールをしようぜ。

中田　わたる

僕は中田君からの手紙を何度も何度も読み返した。

しばしの間迷ったものの、僕は心を閉ざし続けた。そして非行に走った。もうどうしていいかわからなかった。無免許でバイクを乗り回したり、他校の生徒と喧嘩したり、自動販売機を破壊したり、無茶ばかりした。きっと、自分の生を実感したかったんだろう。

ただれきって乱れた生活にも、魅力は確かにある。むしろ悪いことの方が刺激的で面白い。過去も未来も希望もない。僕にはもう、何もなかった。僕は、これから自分がどうなろうとも、とにかく逃げたい一心で、その時その時の欲望や感情だけに身を任せた。全てはどうでもいいことだったのさ。

ある日の深夜、それは急に耳に飛び込んできた。何気なくつけていたラジオから聞こえてきた、切れのいい豊かな話は、すごく魅力的に感じた。僕は週に一度の、その真夜中の時間を待ち遠しく感じた。ラジオの中にいる、世界的な映画祭を制した偉大なる芸人は、毎週僕を笑わせ、時に考えさせてくれた。

ソウル、ロック、ファンク。ラジオから流れてくるその音が、ただ僕のすさんだ心を満たしていった。

僕はその日から、部屋に引きこもるようになった。出かけるのは、近所のレコード屋さんに行く時だけ。もともと好んでいたわけではない喧嘩や博打も必要としなくなった。僕は、親のツケを利用して、片っ端からレコードを買いあさり、音楽をむさぼるように聞きまくった。

映像的な詩、赤裸々な表現、その中にある新しさ。力強く、したたかであると同時に鋭さを放つ音の数々。どれだけ救いになったことか。

4人組のパンクバンドの、有名な歌詞のワンフレーズは、僕の頭の中に、何度も再生され続けた。

そんな時期、安藤しげじさんという、大きな会社の社長さんから連絡があった。

しげじさんは、僕が幼い頃から生家に出入りしていた人で、すごくかっこいい大人なんだ。

しげじさんは、生業だった家業の会社を、父親の不始末で失ってしまったことがある。でも、何一つ愚痴を言わず、頭が白くなるまで頑張って、資金をかき集めた。そして会社を買い戻し、社長として、以前より会社を大きくしたんだ。とにかくすごい人だ。二十歳も年の離れたこのしげじさんのことを、僕は男として尊敬していた。

ある日の夕方、母が亡くなってから、ずっと音沙汰がなかったしげじさんから、僕は電話をもらった。

「よかったら食事に付き合ってくれないか。君とじっくり話したいことがあるんだ」

その店は、山の中腹にあった。市街を一望できる素晴らしい景観。棟方志功の版画がさり気なく飾られ、温泉施設まで隣接している。夕暮れの町並みが徐々に暗くなり、家々に明かりが灯る頃、しげじさんがいつものように、スリーピースのスーツで颯爽と現れた。僕は汚いジーンズに虎模様のスカジャン。でも、しげじさんは、場違いな僕の服装を一切気にしなかった。とにかく粋なのさ。

そこは、ふぐ料理で有名な店だ。美しい器に盛られた色とりどりの前菜。続く、ふぐの肝和えも旨かった。料理に舌鼓を打ちながら、話題が豊富で楽しいしげじさんとの時間に、僕の緊張は徐々に解けた。

そんな様子の僕を見て、しげじさんは頃合いを見計らっていたんだろう。不意に姿勢を正した。

「君とは古い付き合いだ。おしめを替えたこともある。ご両親にもとてもよくしてもらった。食事を何度ご馳走になったことか。懐かしいなあ」

そして、しげじさんはいつになく真剣な表情を作ると、僕の目を見ながら切り出した。

「今日は、人生の先輩というより、男同士の友達として一つ言わせてもらっていいかい。耳に痛いことを言うよ。我慢して聞いてくれるかい」

「……はい」

「確かに今、君は大変な状況だ。まだ十六歳の若さで、いきなり、いろんな困難に巻き込まれてしまった。心から同情するよ」

「……」

「僕はずっと君を見てきた。君は心根の優しい、素直な子だと思っている。しかし今、君は、誰も信用できないし、誰の言うことも聞きたくない、そうじゃないかな」

「……」

「この世には神様なんていない、僕はそう思っている。世界は常に不公平さ。困難が降りかかる、大変なトラブルが起きた、大病を患った、人生は良いことと悪いことの繰り返しだ。僕の人生も散々でね、若い頃、一度会社を乗っ取られた。尤も、それは父親のまいた種だったがね。その絶望的な状況で、感じたことがある。それは、乗り越えられる人にだけ、災いは降りかかるってことだ。神はいないが、世間が見ている。この男は、困難を乗り越えられるのか？　試練に負けないのか？　君は今、天に試されているんだ。逃げるのか、それとも戦うのか。僕たちの共通の趣味、それはボクシングだよね。君の家の応接室で、一緒に何度も見たよな」

「はい」

「名島、あの偉大な世界チャンピオンを覚えているかい」

緊張していた僕の口元が緩む。

「忘れるはずがありませんよ」

「崇君、名島が逃げたところを見たことがあるかい」

「いえ、ありません……」

「だよな。名島は、全身肝っ玉のような、ガッツのある男だったよね。極貧の中生まれ育ち、養子に出され、中学生の時から、極寒の北海道で漁師をしていた。その後上京し、肉体労働をしながら、二十五歳でデビューした。普通のボクサーなら引退する年齢だよね。そして誰もが予想もしなかった戦いに挑んだ。名島は全知全能を振りしぼり、見事に勝ったじゃないか。オリンピックでも活躍し、プロでも世界を取ったあのチャンプに！　一緒に見たよね」

「……はい」

「名島はそれだけじゃない。どんなに打たれ、何度倒されても、必ず立ち上がった」

「はい」

「一度こっぴどく負けた相手にも、敢然と再戦を挑み、ことごとく、その試合に勝ち進んでいったよね」

「その通りです」

「僕は何も、君に説教しに来たんじゃない。僕なりに、君のことを理解しているつもりだ。君ならやれる。君なら大丈夫だ。僕をご覧よ。一度無くした会社を取り戻したんだ。僕より若い君には、無限の可能性がある。できないはずがない。

なあ、崇君、そろそろ前を向く時期が来たんじゃないか。君が野球をしているのを見たことがある。ほら、僕は君と同じ小学校に子どもを通わせていただろう。その参観日に、たまたまグラウンドを見ていたら、偶然君がマウンドに立ち、投手として、キャッチャーにボールを投げこんでいるところだったんだよ。僕は野球をプレイしたことはあまりない。でも僕の通った大学は野球が有名でね。友達に応援を頼まれて球場にはよく行っていたし、君と同じビッグ・キャッツのファンだからさ。観戦歴は長いんだぜ。見る目には自信がある。大丈夫だ、君には確かに才能がある。それを腐らせるなんて勿体無いことだ。無理に、とは言わない。でも、もう一度、野球をやってみてはどうだい？」

「ありがとうございます。やってみます……」

「その意気だ。さあ、食べよう。おっと、せっかくの新鮮な刺身に醤油をつけ過ぎちゃだめだぜ。尤も、君はアスリートだから、塩分をとった方がいいのかな。余計なお世話はいらないね。崇君……僕は、僕は、君とまた話せて、嬉しいよ」

その夜、僕たちはたくさんのことを話し合った。野球のこと、ボクシングのこと、音楽のこと。しげじさんは、合いの手を入れながら、にこにこと聞いてくれていた。話は尽きることがなかった。

僕は、きっと音楽から支えてもらい、ラジオからたくさんの言葉をもらっていたんだろう。そして、最後にしげじさんが、背中を押してくれた。

また野球と向き合うんだ。僕の体は鈍りきり、筋肉は脂肪に変わっている。ただ、もうやるしかない。自分の人生を切り開くのは、自分しかいないんだ。これからは自分との戦いだ。もう決して逃げない。負けはしない。

季節はもう夏に向かっていた。当たり前だけど、野球は一人ではできない。かといって、いまさら簡単に野球部に入部させてはもらえないだろう。かろうじて入部できたとしても、おそらく球を握らせてもらえない。それでもいい。球拾いでいいから、僕は野球がしたかった。

意を決して、僕は野球部の顧問に入部を申し込んだ。予想通り、大柄な顧問の顔から表情が消えた。

「ふざけてるのか」

顧問はいきなり、僕の制服の襟首をつかんできた。

そりゃそうだ。久しぶりに登校したチンピラが、真顔で野球したいなんて言っても、取り合ってもらえないに決まってる。

「今までに自分がやってきたことは自覚してます。試合に出してくれ、なんて図々しいことは言いません。球拾いでも、草むしりでも、何でもやります。野球がしたいんです。僕を野球部に入れてください」

「寝言を言うんじゃねえよ。変に不祥事を起こされても、皆が困るんだよ！」

顧問の恫喝に、職員室の空気は凍りつく。いつ暴力事件に発展するかと、教頭は机の上の書類を片付けるふりをして、ちらちらとこっちを見ている。僕は頭を深々と下げ続けた。

「ふん、明日その頭を丸刈りにでもしてくれれば、考えてもいいぞ。どうせお前みたいな奴は、その程度の我慢もできやせん」

顧問はそう吐き捨てた。

「ありがとうございます」

翌朝、坊主頭になった僕を見て、不良仲間は全員爆笑した。廊下ですれ違った中田君も、涙を流して笑いながら言った。

「今までのリーゼントより、よっぽどかっこいいよ」

先生も認めざるを得なかったんだろう。渋々ながら、僕の野球部への参加を許してくれた。

僕は本当に一所懸命球拾いをし、声を出した。久しぶりのグローブの感触。バットに球が当たる音。部員たちのヤジ。僕は、自分がいるべきところに帰ってきたんだ。

二年間運動から離れていた僕にとっては、球拾いと草むしりをするだけでも、次の日、動けないほどの全身筋肉痛に見舞われた。それでも毎日の球拾い、草むしり、声出し、そして部内の基礎練習が、僕の体のさびを落としていった。どうして僕は、こんなに楽しいことから遠ざかっていたんだろう。そして一ヶ月も経った頃、僕の体は、練習をこなすだけでは物足りなくなってしまっていた。

僕は毎晩十キロずつ走ることにした。ただ走るのでは芸がない。電柱と電柱の間にダッシュを入れ、河原のランニングコースではジグザグに走り、変化をつけた。

投手にとって大事なことは、たくさんある。僕が重視していたのは、指先の感覚だ。十八・四四メートルも離れた場所に、自分の思い通りの球を投げ込まなければならない。僕は常に左手から球を離さなかった。そして投げ込むことだ。懐かしい壁の前に立ち、僕は無心で毎日投げ込んだ。もちろんフォームチェックも欠かさない。

野球は限られた距離のスポーツで、打者と投手との距離、塁と塁との距離、全てが決められた中にある。ということは、自分だけ距離を上手く利用できれば、有利になるのは当たり前だ。つまり、投手と打者の距離を心理的に縮められることができれば、それだけ投手が有利になる。

そこで大事になるのが、フォームだ。もちろん物理的な意味では、十八・四四メートルは短くはならない。でも僕の指から球が離れるのが遅くなればなるほど、僕のコントロールが球に反映されやすい。そして同じフォームから、様々な変化球が投げられれば、より打者は迷う。

僕は毎日鏡の前で、いかに長くボールを持つことができるかを研究した。試行錯誤した後の結論は六つ。強い足腰、よくしなる肘。柔らかい肩、繊細な指先の感覚、球が見づらいフォーム、打者の狙いを感知する感性だ。

ではどうすればいい？　肉体的な訓練はいくらでもできるが、最も難しいのは感性だ。でも、僕には自信があった。なぜって？　普通の野球少年とは違って、僕は野球ばかりをやっていない。皆が野球に打ち込んでいる間、僕は悪いことをやっていた。彼らの知らないことを僕は知っている。当然、物事の感じ方は違うはずだ。ならば、今までの人生の経験を総動員して投げればいい。

夏休みになると、三年生は皆引退してしまう。甲子園大会の県予選に負けてしまえば、後は就職か進学か、ということになるからだ。僕は引退しなかった。三年生がいなくなれば、部員が減ってしまうので、僕が投手として打者に投げるチャンスもきっとあるだろう。案の定、ピッチングの機会はすぐに来た。

一・二年生しかおらず、彼らは球を打つことに飢えている。部員が減ったせいで彼らに投げる人間も少ない。

「よかったら、僕がバッティングピッチャーをやろうか」

「いやあ、先輩に悪いですよ」

「いいよ、いいよ。練習になんないだろ、僕が投げるよ」

「すみません、じゃあ、お願いします」

　二年ぶりのマウンドの感覚は、悪くなかった。まずは自分の置かれている状況を確認する。天気はよく、風はほとんどない。変化球にはあまり影響がないコンディションだ。乾燥しているから、当たれば球はよく飛ぶだろう。

　次に打者の構え。バットを立てているか、寝かせているか。うん、こいつはごく普通でこれといった特徴はない。グリップの位置はどうだろう。かなり低い所にある。ということは、高めの球はすくい上げる形になるので、どうしてもバットが下から出てくる。

　打者の足の位置の確認をする。やや開き気味だ。きっと、体から遠い球は打ちづらいだろう。

打者を打ち取る基本は三つ。球の高低、左右、緩急だが、この打者の最大の弱点は外角高めにあるので、高低を使って打ち取るべきだ。低めが好きだろうから、そこに球を投げてファウルを打たせる。最後は外角高めに速い球で三振が取れるだろう。

これだけを考えるのに、言葉にすると長くなるが、脳が活発に働いているのだろう。ほんの数秒で、僕はほとんど無意識に低めのボールを投げ、ファウルを打たせていた。

こうすんなりと野球の中に入っていけば、しめたものだ。ヤジも他人の視線も、顧問の憮然とした顔も、何一つ気にならない。この地球に存在しているのは、僕と打者と捕手だけになり、ただ相手の嫌がることをし、支配し、君臨すればいい。投手と打者は互角の存在であるはずだが、こうなってしまうと、投手が王様なんだ。下級生たちは僕の球を、誰一人まともに打つことができなかった。

卒業の日が近づいてきても、僕の進路はまるで決まらなかった。進学するほど勉強はしていないし、今までの素行の悪さを考えれば、就職の口を紹介してくれる人もいない。君の家は裕福だろうって？　そりゃあ、何にもしなくとも、遊んでいられたとは思う。

しかし僕は、もう父と一緒に暮らすのはごめんだったのさ。なんとか自立したかったんだ。無理は承知、だめ元で、なんとか野球で食べていけないか、と考えに考えた。

アルバイトをして食いつなぎ、機会をみて、プロテストを受けること。これが僕の当面の目標となった。

# 第三章　ビッグ・イニング

その空港には何もなかった。けばけばしい看板、凹凸だらけの屋根が並ぶ街並み、そういった不調和もないが、混沌も喧噪もない。簡易な税関を通り過ぎても、誰かが迎えに来るわけでもない。そう、僕は野球をするために海を渡り、オーストラリアに来た。

結局国内では、僕を受け入れてくれる場所はなく、僕は海外での野球という選択をせざるを得なかった。給与面、待遇面を別にすれば、世界中にプロリーグやセミプロリーグはいくらでもある。

ヨーロッパならイタリア、オランダがあるし、アジアなら韓国や台湾、中国がある。北米ならアメリカ、カナダ。中南米なら、メキシコ、プエルトリコ、ドミニカ、キューバ。

どの国でプレイするか、悩みに悩んだ。まず野球先進国を選ぶ気はなかった。優れた選手ばかりでは、試合に出場する可能性は極めて低い。高校での実績は皆無だから、それだけではねられるだろう。治安の問題もある。誘拐や殺人、薬物の問題のある国は避けたい。共産国は入国できるかもわからない。ビザの問題もある。おそらく野球だけでは食べていけないし、その他のアルバイトもしなければならない。そうなるとワーキング・ビザになるだろう。簡単に取れるだろうか。僕はただ野球に集中したく、そして試合に飢えていた。一週間考えて出した答えは、オーストラリアしかなかった。

この国にはセミプロリーグがあるが、給与はほとんど出ない。そうレベルは高くないと聞いているので、すぐに試合に出ることができるだろう。簡単な実技テストと健康診断にパスすれば、僕はオーストラリア・リーグの選手となることができるはずだ。

父に、海外に行き野球選手になるつもりだ、と話すのは気が重かった。でも、僕はまだ未成年だから、何をするにしても、やはり父の承諾が必要だったんだ。

母が亡くなって以来、父とはギクシャクしたままだ。業務連絡のように、一年後オーストラリアに出発する、と父に告げると、父はしばらく無言で僕を見た。久しぶりに向かい合った父は、以前より少し白髪が目立って見えた。

五十代後半である父は、県内でも有名な外科医として、相変わらず活躍し続けていた。僕が小さな頃は医者になることを強要していたが、母のことがあって以来、僕にそれを言わなくなった。どんなに僕が悪いことをしても、父はそれをいさめたり、説教してくることはなかった。父の本音はわからないままだ。

僕の突然の宣言を聞いて、父はつぶやいた。

「わかった」

父はそう言って、自分の部屋に入り、また戻ってきた。その手には封をしたままの現金があった。

何度も断る僕に、父は無理矢理、餞別だと言ってその札束を渡してきた。ありがたいけど、できるだけ僕は自力で身を立てたかった。でも父は譲らない。押し切る形で、僕の手に札束を押し込んだ。

「持っていなさい」

父はいつから用意していたのだろうか。僕は

「ありがとう」

とだけ言った。父からもらった餞別は、数年後、きっちり耳をそろえて全額返済しようと思った。

それからの一年はあっという間に過ぎた。

僕は軍資金を貯めるべく、野球のトレーニングを重ねながら、バイトに励んだ。渡航手続きは山ほどあった。面倒な書類を持って、行ったり来たり、なんとか一つ一つをクリアしていった。そしてようやく、僕はオーストラリア行きのオープンチケットを手に入れたんだ。

僕は、今、オーストラリア、メルボルンの空港ロビーで、ダウンタウン行きのバスを待っている。

日本からあらかじめ宿泊手続きをしていたホテルには、金銭的に滞在し続けることができない。日本でのアルバイトで貯めた僕の所持金は限られている。これでなんとか、やっていかなければいけない。この街で新しいアルバイトも探さなくては。まずは自分の生活の拠点となる宿を探そう。独学してきたものの、僕はまだ英語もちゃんと話せない。旅行会社の紹介で向かった現地の不動産屋で、僕は身振り手振りを用いて、なんとか宿を紹介してもらった。

その宿は一週間百ドルで三食付きらしい。ということは、一週間日本円にして一万円で暮らせるわけだ。チェックインして理由がわかった。クローゼットなんてもちろんない。部屋にテレビもなし、机もなし、ベッドに椅子が一脚、ハンガーが一つ、洗面所はかろうじてあったが、シャワーとトイレは共同だ。部屋の窓からは工場の煙突しか見えない。

夕食は黒く焦げついた牛肉のソテーに、小さな小さなじゃがいもとにんじん、油臭くにごったスープと、不格好なパンケーキ。薄暗く、時折消えかかる電球の下、黒人やオーストラリア原住民、鼻の赤い白人たちと同じテーブルで、僕は硬くまずい肉を噛む。明日のために噛む。生ぬるい水で肉を流し込み、夕食を終え、誰もいない共有のシャワールームで汗を流した僕は、下着を洗って干した後、ベッドに潜り込む。薄い毛布に寝つけず、服を着込む。ポータブル音楽プレイヤーでロックを聞いていると、いつのまにか眠りに落ちている。長い一日が終わる。

メルボルンの空は、東郷青児の青とも、梅原龍三郎の青とも、ましてや、日本の薄い青空とも違う。油絵の具のように、幾重にも重ねられた濃い青空には、雲一つ浮かんでいない。教会の高い屋根がそれに突き刺さり、広い路面を緑の市電がゆっくり行きかう。川面に沿い、綺麗に芝が刈られ、バーベキューをする男女に、サッカーボールで戯れる少年たち。野生の小さなカンガルーが所在なげに座り、川には数艘のボートが行き来する。時折感じる肌寒さは、南極からの風だ。これまでの日本での辛い出来事が少しずつ、川に溶け出していくように思う。

僕はいつものランニングコースを一周すると、公園に入った。向こうでカンガルーが群れている。ゆっくり数を数えながら、ほてった体をクールダウンしていく。

あれから、僕には友達ができた。ある日、帰宅した下宿先のテレビには、ボクシングのタイトルマッチが映っていた。リビングにいた多国籍の集団は、少し僕に目を留め、また試合に集中する。

僕は無口な異邦人だ。誰も相手にしてくれない。どうにか稼ぎ口を見つけようと、僕は焦って街のアルバイト募集の張り紙をしらみつぶしに当たっていた。交渉はなかなか思うように進まない。もうずいぶん人と話をしていない。僕は疲れ果てていた。

流れていたボクシングの映像に、僕はしげじさんを懐かしく思い、リビングに足を止めた。映像はアメリカ人挑戦者と、メキシコ人チャンプのタイトル戦で盛り上がっている。

「チャベロ」

無意識に僕はつぶやいていたらしい。一人の台湾人がすごい勢いで僕に近づいてきて、握手を求めた。僕がびっくりしていると、彼は滑らかな英語で言った。

「君、チャベロを知っているの？　ボクシングに詳しい？　僕も大好きなんだ。この試合、皆で、どっちが勝つか賭けをしてるんだ。僕はチャンプの方が有利に見えるんだけど、君はどっちに賭ける？」

矢継ぎ早に質問を受けた。僕は
「チャンプだと思う。相手はだいぶ足に来ている。次のラウンド、持たないだろう」

と言った。沸き立っていたリビングが一瞬静かになり、その後、大きな歓声となった。

「まじか」

「え？　本当に？」

「いやいや、まだわからない」

台湾人の彼は、僕の目の前に、たくさんオーストラリア・ドルの詰まった瓶を差し出し、人懐っこい笑顔を向けた。

「君も参加しろよ。僕は君の案に賛成だ！」

共通項が生まれると、コミュニケーションは簡単だ。特にボクシングは、国を超えた熱狂的なファンが多い。僕はしげじさんにまた救われたわけだ。

台湾出身の郭君は、それ以来、すごく僕に親しく接してくれた。彼の英語レベルが僕よりずっと高かったことから、彼と知り合ったことで、僕の生活はずいぶん快適になった。下宿先でも、軽口をたたけるくらいの知り合いができたし、何よりも稼ぎ口が見つかった。

野球のプロテストを受けるという僕の目標を知った郭君は、トレーニングに影響しない、最適なバイトを紹介してくれた。日本から来たハネムーン向けの観光ガイドだ。これなら、時給がよく、時間拘束は限られる。調べるのも、段取りを組むのも得意だ。課題である英語スキルは、やることさえ決まれば、適した表現を身につけやすい。僕は郭君に心から感謝した。

数日後、下宿先にかかってきた電話は、二日後に実技のテストをする、といった短いもので、予想していたから焦りはなかった。僕がテストを受けたいと申し込んだのは、地元メルボルン・ウォンバッツだ。投手というのは伝えてあったから、僕がどういう球を投げるのかを見たいのだろう。

テストの日の朝が来た。僕は高級ホテルのコーヒーショップで、いつもとは違う豪勢な朝食をとった。チーズや野菜がたっぷりと入り、中は半熟のスパニッシュオムレツ。ミディアムレアのミニッツ・ステーキ。カリカリに焼き上げたベーコン。温野菜にサウザンアイランド・ドレッシングを振りかけ、バナナマフィンにクロワッサン、バターロール。なに、ビュッフェスタイルを確認してから店に入ったので、いくら食べても文句は言われない。テストは十三時からということなので、この食事は無事消化されるだろう。

十一時前には、僕は球場に到着していた。所々芝がはげ、塁間には細かい砂利が落ちている。赤い粘土質のグラウンド。日本では見たことのない高さのピッチャーズマウンド。そして吹きつける強風。貸してくれた球は日本製のものより心もち大きく、縫い目が違っていた。もう一つ付け加えれば、初めて対戦する打者が、僕を待っている。

おそらく僕は青ざめていたに違いない。オーストラリアに来てからずっと、トレーニングは毎日していたが、どこかで僕は甘く考えていた。アメリカや中南米のメジャーの選手じゃあるまいし、野球が盛んでもない国の打者なんて、打ち取れないはずがない、と。

ところがどうだ。球場に来て、練習をしている選手たちを見ていると、細かいプレイは確かに不得手で、ミスも目立つ。守備も上手くなく、足も遅い。でも、見ていて伝わってくる。腕力や球の飛距離に関しては、日本とは桁が違う。そして、百七十五センチの僕よりも一回り、いや二回りは大きい。

野球をしてきて初めて味わった感情に、僕は押しつぶされそうになる。それは不安だ。僕を今まで支えてきた野球。これがあったから、僕が立ち直れた野球。僕はこんな遠くの国まで、飛行機で十時間もかけてやってきて、野球を失ってしまうかもしれない。

僕はトイレに駆け込み、朝食を全て吐き出してしまった。蛇口で汚れた手を洗いながら、僕は目の前にある鏡を見つめた。

赤い目、青白い頬、黄色い肌をした頼りなげな男の顔が、鏡に映る。赤・青・黄、まるで信号機じゃないか。ここまで来て、何を怯える必要がある？　人生なんて、いくら逃げても逃げ切ることはできやしないんだ。無理矢理気持ちを落ち着かせ、僕は何度も洗顔とうがいを繰り返した。そう、命を取られるわけじゃない。僕は自分のできることをやるだけだ。恐れるな。ひるむな。甘えるな。前を向いて現実と向き合え。母の死の時と同じように、また逃げるのか？　南半球まで来て逃げるのなら、お前はたとえ月に行ったとしても、逃げるんだろう。

十二時を過ぎ、僕はストレッチをする。軽いダッシュを繰り返し、入念なキャッチボールを済ませてから、打者の観察を本格的に始めた。

落ち着いてみると、このチームの主力打者は二人だ。右打ちのやや小柄な黒人。こいつはバットに当てることに関しては優れているが、飛ばす力はない。先ほどからの打撃練習で、内野の間は綺麗に抜くが、外野の間を抜く打球はほとんどない。こいつへの勝負球は、僕の全力の低め速球と決めた。無理に引っ張っても、きっと振り遅れるだろう。

もう一人は右打ちの太めの金髪だ。こいつの飛距離は確かにすごい。スタンドまで軽く持っていく力があり、身長もある。手が長いので、外角の速い低めの球も平気で拾っていく。しかし、内角球はどうだろうか。打撃投手がほとんど内角に投げなかったため、はっきりとはわからない。

僕の持ち球は三つ。まっすぐ、カーブ、スライダー。初球は内角低めのスライダーをボールゾーンに投げて、様子をみてはどうだろうか。対応力を見てから、次を考えるとしよう。

キャッチャーを座らせ、軽く投球練習を始めると、案の定、黒人と金髪が僕をにらんでいる。何だか笑いがこみ上げてきた。悪さばかりしてきたから、誰がこのチームを仕切っているかなんてすぐわかる。観察力がないと、上の奴から使いっ走りにされるのが関の山だもんな。これは万国共通だ。

笑っていると、怪訝な顔をしたキャッチャーが僕の前にやってきた。オーストラリアの変になまった英語は、とても聞き取りにくい。

「OK! OK! No sign!」

これだけを繰り返す。怪訝な顔のまま、キャッチャーはホームベースに戻っていった。

貧弱なバックネットの後ろに、白髪の老人がいる。選手たちになんやかんやと指示しているところをみると、こいつが監督かなんかだろう。

「Play!」

老人から声がかかり、思った通り、小柄な黒人が打席に入ってきた。一球目は外角低めにボールぎみのまっすぐ。かろうじてバットに当ててはきたが、打球は一塁側のファウルゾーンに力なく転がっていた。

その後、まっすぐを三つ続けたが、確かに当ててくる上手さは感じられた。三つの持ち球のうち、一つは次の金髪に隠しておきたい。まっすぐに目が慣れてきているので、スライダーよりは球速差のあるカーブを選んだ。球の縫い目に人差し指と中指が上手くひっかかり、親指で球をはじく。打者の目線が、球の軌道とともにいったん上がり、落差とともに下がっていく。見るまでもない。腰抜けになった打者は、バットを出すこともできなかった。

「Strike out!」

続いて打席に入ってきた金髪は、やはり体の大きさが違って見えた。二度・三度と素振りをすると、大きく強い瞳が、僕を捉えて離さない。手の長さがやけに目立つ。僕は先ほど吐いたこともすっかり忘れ、嬉しくてたまらなくなった。たかが球遊び、何の生産性もないこんな遊びが、こよなく面白く感じられるのはなぜだろう。打ったから、抑えたからといって、明日世界が変わるわけでもない。そう、何も生産性がない遊びだからこそ、すこぶる面白いのさ。

初球は予定通りの内角低めスライダー。スライダーは面白い変化球で、球速はまっすぐとそれほど変わらない。だが、打者の手元で急に横に変化してくる。つまり打者としては、まっすぐが来た、と思ってバットを振っても、芯には当たらない。振れ！　振っちまえ！　ストライクを一つくれ、と思ったが、金髪は見逃してきた。

「Ball one」

いまだこの男の狙いがわからない。仕方ない。もう一球同じ球を放ったが、またもや見逃された。

「Ball two」

野球のカウントは十三通りある。ノーストライク・ツーボールは、投手にとって最も苦しいカウントだ。まず、ストライクを一つも取っていない。ノーストライク・スリーボールまでいけば、フォアボールの可能性があるので、打者が迷うこともある。だが、ノー・ツーの場合、投手からすると、どうしてもストライクを取らなくてはならない。仕方ない。おそらく金髪は自分の最も好きな球、すなわち、まっすぐを待っているのだろう。

『へっ！　こんなバカ力のありそうな奴と、まともに勝負するかよ』

心の中で吐き捨てた僕は、カーブを投げた。肘がしなる。全身の感覚が球の縫い目に集中し、針で突かれたような痛みが中指に走る。回転、角度、コース、申し分のない素晴らしい球が行く。

ところが、奴が待っていたのはそのカーブで、バットの芯をくった球は、鋭い金属音を残した。やられた、と思った瞬間、パーンというグラブの革の摩擦音がした。恐る恐る振り返ってみると、三塁手が笑いながら、僕に球を投げてよこした。なんとか、打ち取ったのか。

金髪は苦虫を噛みつぶしたような顔をしている。すると、バックネットの裏から、老人がゆっくりとこちらに向かってきた。

「えー、えー、Well, let me introduce myself. My name is Takashi Ninagi. えー I'm so excitement」

「下手な英語を使わんでもわかるよ、日本人」

「へ？」

「私はトーマス。このチームのfield managerだ。field managerはわかるな?」

「監督ですか」

「Yes, you passed this exam. Do you understand?」

「合格……ですか?」

「そう。まだ体の線は細いが、球は悪くない。このteamの練習は毎日午後三時からだ。明日ユニフォームを用意しておくから、それまでに来ること。OK?」

「Yes, sir!」

「Good」

「もう一ついいですか? 監督はなぜ日本語を?」

「皆に聞かれるがね、面倒だから一度しか言わんよ」

「Yes, sir!」

「愛した人が日本人だったのさ。それからずっと一緒にいる。嫌でも言葉を覚えるさ」

「はあ」

監督は愉快そうに笑うと、最後にこう言い、手を差し出してきた。

「Welcome to Australia」

監督は思ったよりも、若く力強い手で僕の手を強く握り返した。


トーマスは優れた監督だ。選手の適性をつかみ、そのメンタルを指摘してくる。僕は、この監督の元で野球をすることで、自分自身と、何度も向き合うことになった。トーマスは、粘り強く僕に語りかけてくる。

「君は何をするためにこの国に来た？　この国で働くためか？　何もアルバイトをするため、観光するためではないだろう？　野球のためだな。それは間違いないな。よいだろう。

まず私のことを簡単に話しておこう。私はかつてアメリカでプレイしていた。残念ながらメジャーには上がれなかったが、ＡＡＡで七年投手をやっていたんだ。

コーチの経験、スカウトの経験もある。

私が見るところ、君には素質がある。日本はこの国よりも、野球に関しては遙かに優れた国で、君がそこでどういう扱いを受けてきたか、どんな選手だったかは全くわからん。ただ、私に言えるのは、君はどの国でもプロフェッショナルな野球選手としてやっていける素質がある、ということだ。アメリカでもキューバでもだ。信じていないな。いいか、君には母国を離れる理由があったんだろう。それは忘れろ。忘れろと言っても無理かもしれんが、忘れるんだ。適応しろ。もし君が母国でのことを話したくなったら、いつでも私に言いたまえ。

いくら君に素質があると言っても、それだけではプロフェッショナルにはなれない。まずは精神力だ。優れた打者を打席に迎えた時、君は何を感じる？　恐怖？　うん、素晴らしい答えだ。英雄は自分の恐怖心を利用し、それを対戦相手に投影する。一方、臆病者は逃げる。同じ恐怖心だが、それをどう使いこなすか、ということだ。恐怖とは火のようなものだ。上手くコントロールしなければ、それは君を焼き尽くすだろう。恐怖と友達になり、飼い慣らす必要がある。

打者は、君の球をなんとしても打ってやろう、と火のように向かってくる。君はそれを受け止めるんだ。水のように冷静になるんだ。君と初めて会った、あのテストの日、初め君は冷静さを欠いていた。しかし、一時間ほどすると、君は別人のように落ち着いていた。気持ちを切り替えるのに、時間がかかってはだめだ。観客は、打者は、審判は君を待ってはくれない。まず自分をコントロールすることだ。忘れるな」

「次は練習についてだ。全ての優れたプレイの根底にあるものは、基本なのだ。基本技術を繰り返し繰り返し練習し、体得したものが上にいける。どんな有名選手でも、キャッチボールをしないものはない。これは、私が四十年以上野球とともにいて、気づいたことだ。わかるか。

【理解する】ということは簡単ではない。それは、何も言われずとも体が勝手に動くことだ。君の頭めがけて球が飛んでくるとしよう。すると、すぐに君はグローブを差し出して球を捕ろうとするだろう。これが【わかった】ということだ。君の細胞が記憶し、反応する、それで初めて【理解した】といえるのだ」

「よし、次は技術面だ。君の持っている球種は三つだな。それぞれは素晴らしい。まっすぐはよく切れている。カーブの軌道も鋭い。スライダーも手元で小さく変化している。

いいか、投手の基本はまっすぐだ。君ならまっすぐとカーブで一セット。まっすぐとスライダーで一セット、と考えろ。でも、君の調子が悪く、どうもスライダーの切れがよくない日はどうするんだ。君にはまっすぐとカーブの一セットしかなくなってしまう。

これから覚える球は完全にならなくてもかまわない。打者にこういう球がある、と思わせるだけでも十分だ。君がよければ、私が現役時代に投げていた球を教えよう。

まずはチェンジアップだ。投げ方はまっすぐと全く同じ。ＯＫのサインはわかるな。握りはそれだ。腕は速く振るが、まっすぐと違って指先を使わないので、球の回転が減る。そうなると、打者の手元で急に軌道が変わるから、空振りが取れる。つまり、百四十五キロのまっすぐが来ると打者は思うわけだ。腕の振りが速いからな。しかし、球は来ない。球の回転数が減るから、どうしても遅くなる。百二十キロ程度になるはずだ。この二十数キロの速度差が極めて大きい。

投手が投げる球は、平均四・三秒で捕手に届く。打者がバットを振るスピードは〇・二秒。従って判断する時間は、〇・二もしくは〇・三秒しかない。このわずかな間に打者は打つか打たないか、まっすぐか変化球かを見極めなければいけない。そこに考える余地などない。感じたものに体が反応するのだ」

「君は見事にチェンジアップを覚えた。次は縦の変化球、フォークボールだ。これは打者の手元で鋭角に落ちる球だ。球の縫い目に指をかけず、指の内側で球を挟み、投げる瞬間に抜くんだ。指の内側に意識をおけ。人間の目は縦についていない。横についているから、縦に落ちる球、すなわちフォークボールは難しい。君がこの球を持っていたら、あのテストでうちの二人はバットに当てることもできなかっただろうよ」

トーマスのアドバイスはいつも的確だ。本を読むことや、自分で映像を分析しながら獲得した情報とは違う。本物のプロの意見だ。

僕は、トーマスの言葉を全てメモし、一言一句暗記した。そしてその技術を、時間をかけ、徹底的に体に覚えさせた。


水を口に含み、車窓に目をやると、赤茶けて乾いた砂漠が広がっている。名も知らぬ草が申し訳なさそうに生え、原色の衣を身にまとった原住民の女が、頭にかごを乗せ、どこかへとゆっくり歩いていく。

僕らのチームは試合を終えて移動中だ。この国に来て、二年と半年が過ぎようとしていた。僕は、チームのエースといわれる存在になっていた。

オーストラリア・リーグは、八つのチームからなり、各チーム総当たりの百十二試合が行われ、優勝が決まる。最初の年は、僕の適性をみたかったのだろう。先発、中継ぎ、抑え、様々な場面で使われた。先発に固定された時には、すでにシーズン終了間際。我がメルボルン・ウォンバッツは五位に終わってしまった。だがしかし、投球内容が評価されたことは間違いなかった。

「君がエースだ」

シーズンのスタメンが発表された時、トーマスは僕に向かってこう宣言した。当初、得体の知れない日本人として、チームメイトの中で僕は完全に孤立していた。しかし、野球を愛する気持ちは万国共通だ。僕の真摯な態度を、チームメイトたちは受け入れ、評価してくれた。中に入ってみると、実に気持ちのいい連中だ。監督の指名に、皆の歓声が沸いた。

「頼むぜ、エース」

僕の黒髪はチームメイトの大きな手にくしゃくしゃにされた。僕は、僕自身の力で居場所を得たんだ。

不思議なもので、今日は勝てると思えば、チームの集中力は増す。反対に、今日は負けるかも、と思えばミスが連続する。こいつが投げる時は勝てる、と皆に思わせる男、それがエースなんだ。そして、このチームのエースは、僕だ。

レールのポイントを割る音が、規則正しく響く。ケタタタタタン、ケタタタタタン、と列車はスピードを上げていく。車窓からの景色が後ろに流れ、激しく揺れる車両を後にし、僕は食堂車へと向かった。食堂車といっても日本とは大違いで、机も椅子もなく、カウンターだけの立ち飲みだ。

「One Fosters, two dim-sims, please」

「Sure」

Fosters という地ビールを一息で飲み干し、焼売をほおばり、白ワインを注文する。こちらに来て初めて知ったが、オーストラリアにはワイナリーも多く、銘柄も豊かな上に安い。チーズをつまみ、三杯目の白ワインを注文する頃に、ようやく酔いが回ってきた。

今季は始まったばかりだが、七試合に先発して、五勝〇敗。防御率は一点台。悪くない数字だ。チームは二位につけているし、観光ガイドのアルバイトとの折り合いも板についてきた。

郭君とはずっと親しい交際が続いた。郭君は僕の野球チームへの入団が決まると、お祝いだと言って飲茶をごちそうしてくれた。僕が家具付きの部屋を見つけ、最初の下宿先から転居した後も、郭君とはたびたび待ち合わせし、チャイナタウンで鶏の足を食べた。

僕は、イタリアンレストランで照れずにペスカトーレを注文できるようになったし、チームメイトと連れ立って、辛く濃いトム・ヤム・クンや、なぜかレタスの入ったベトナムラーメンを食べることもできるようになった。少しはこの国にadjustすることができたのだろうか。

五杯目を飲み始める頃になると、電車は速度を落としつつあった。遙か遠くに、湾曲した白い海浜がかすかに見える。しばらくすると､車窓からの景色が一変した。熟した果物、鮮やかな草花が飾られ、その隙間に雑貨屋が見える。肉屋がある。丹念にたたまれた衣類がある。荷台には野菜が積まれ、様々な人種が行きかう。窓を開ければ様々な生活が漂ってくる。乾燥した風が吹き込む。肉を焼く音、魚の揚げ物の香ばしい匂い、なまった英語。この町外れの大きな市場を抜ければ、そこが最終駅、僕の町だ。

# 第四章　ドラフト

スポーツ紙より一部抜粋

【二〇〇×年二月十七日付六面記事】

「今年のオーストラリア・リーグは前年度五位のメルボルン・ウォンバッツが初のリーグチャンピオンを獲得した。例年にない混戦の中、三連覇中のシドニー・ワラビーズは最終戦ウォンバッツに〇―二の完封負けをきっし、優勝を逃した。

　この試合の勝利投手、蜷木（二十二）がリーグ最優秀選手に選ばれ、投手タイトルも独占した。今季成績は、一六勝四敗三セーブ、防御率二・一六。蜷木投手はオーストラリア・リーグで二年目。前年から急成長し、今季の栄誉に輝いた。日本から直接オーストラリア球界に入る、という変わり種。上背はさほどないが、百四十キロ台後半のまっすぐに加え、カーブ、スライダー、チェンジアップ、フォークを操る本格派。話題性と実力を兼ね備え、今年のドラフトを経てのプロ野球入りが注目される」

【蜷木投手談】

「水のように冷静に投げました。チームに貢献できて嬉しい。できれば日本で投げたい。十二球団どこでも行きますが、関西にあるセントラルリーグのチームが希望です」

【トーマス監督談】

「初のチャンピオンになれて興奮している。日本から蜷木投手という素晴らしい贈り物をいただいた。今度は私が日本にプレゼントする番かな（笑）」

本紙一枝

スポーツ紙より一部抜粋

【二〇〇×年十一月二十三日付四面記事】

～ビッグ・キャッツ、今年の新人補強が終わる～

今年のドラフト（新人選手選択会議）は昨日終了。ビッグ・キャッツの指名選手は以下の通り。

一位　掛　平　内野手　縄志野高
二位　浜田　誠　外野手　南波高
三位　片桐太陽　内野手　同美林大
四位　若島克彦　捕手　法知大
五位　源藤五郎丸　投手　別府林工高
六位　蜷木　崇　投手　豪州ノンプロ
七位　三木優也　内野手　日新自動車

今回の選手補強には正直驚かされた。投手・打者ともに層の薄さが目立つビッグ・キャッツで、五人もの野手指名は評価できる。一位、二位の高校生は、将来主軸を任せることのできる逸材だ。それなら投手は大丈夫か、ということになるが、六位指名の蜷木投手は、オーストラリア球界で敵なしだったとか。願わくば、エースの米国流出に加え、左腕不足のビッグ・キャッツにとって、干天の慈雨となってほしい。

本紙一枝

前夜の深酒で頭がひどく痛む。一枝はこめかみを押さえながら、風呂へと急いだ。深酒をした次の日は、なぜか無性に乳酸菌飲料が飲みたくなるが、それも熱い湯にゆっくりつかって、酒を抜いてからの話だ。それに今日はキャンプインの日で、スポーツ紙の記者たるもの、プロ野球の元旦であるこの日に、なんとしても遅刻するわけにはいかない。

今年のビッグ・キャッツは話題が一つしかない。それは村瀬新監督就任だ。毎年最下位の続くビッグ・キャッツが、大金を投じて珍しく外部から大物監督を抜擢したのだ。

（選手じゃなくて監督が注目されるってのはどうなってんのや）

心の中でつぶやきながら、一枝は髭を当たり始めた。

安芸市は、高知からやや外れた田舎だ。何もないのどかな場所だが、高台から見下ろす雄大な太平洋が素晴らしい。この町は年に一度だけ人口が爆発的に増加する。それはビッグ・キャッツのキャンプ地となる二月だ。大阪から金沢から、福岡から函館から。縦縞目当ての野球狂たちがこの地を訪れる。渋滞しつつある狭い国道を抜け、一枝はようやく球場に着いた。

十時を過ぎ、そろそろ選手たちはウォーミングアップを終え、着替えを済ませる頃だろう。

（少し遅れたが、監督に挨拶は済ませなければ）

「初日そうそう遅刻かいな」

村瀬とは野球を介しての古い仲だ。

（監督に先に挨拶されるとは。我ながら情けない）

「監督、今年もよろしくお願いします。挨拶が遅くなりまして、申し訳ありませんん。ところでどうでしょうか。監督の目から見てのこのチームは」

「優勝チームとの差は、二十八ゲームもあったんやで。夢も希望もないわ」

相変わらずの村瀬のぼやきに、一枝は思わず笑みがこぼれ、ついつい軽口になる。

「監督がぼやくのは、よう知ってますけど、初日にそない言わんでもいいでしょう」

「なあ、一枝。野球の要は何か知ってるか。お前ほどのベテラン記者には、つまらん質問やけどな」

「投手ですか」

「そう、投手や。野球の七割は投手で決まる。エースと抑えと四番打者がしっかりしとるチームは強いんや。ところがどうや。このチームはその三人が誰もおらんわ」

「それやったら何で引き受けたんですか」

「意気に感ずってわかるか」

「……」

「フェニックスを辞めた時にな、日本一に何度もなったし、自分の野球人生は一つ区切りがついた、と思ってたんや。六十も過ぎとるしな。でも、ビッグ・キャッツはそんな俺に監督やってくれ、って言ってきた。オーナーまで自宅に来てくれたんや。『ビッグ・キャッツを変えなあかん、それにはあなたの力が必要や。頼むから引き受けてくれ』、そこまで言われてやな、断ったら男やないで。こんな幸せな野球人はおらんよ」

「でも監督。さっきは夢も希望もないって、おっしゃったじゃないですか」

「そら、理にかなってない。不合理といえば不合理や。全然勝てん可能性もある。でもな、人生意気に感ず、やな」

「そんなもんですかね」

「まあ、今日はゆっくり練習見てってくれ。おい、誰かいい球放る奴おらんか」

「実は今日は、そいつ目当てで来たんですわ」

「ほう、誰や。そんな奴おったか」

「監督は多分見てへんでしょうけど、去年のユニコーンズのオーストラリアキャンプの時にね、たまたま見つけたのがおってね。ちらっと記事にはしたんですわ」

「六位の奴か」

「そうですわ。背番号十九。蜷木」

「走り方は悪くなかったわ」

「なんや、やっぱり見てはるやないですか」

「あのな、何十年野球やってると思ってるんや。まあ、まだどんな球、放るかわからへんけどな」

「それは大丈夫ですわ。ごつい球、放ります」

「そうか。お前さんがそこまで褒めるのは珍しいな」

村瀬と一枝は、投球練習場へと向かった。

「ムラさん、今年は頼むで」

「優勝とは言わん。五位でええわ。頼んます」

笑い声が起こる中、村瀬は、何一つ表情を変えることなく、軽く手を振った。

「じゃあ、一枝推薦の十九番を見てみるか」

革をたたく鋭い音が投球練習場に鳴り響く。ＯＫ。ナイスボール、今度は曲げてみようか、様々なかけ声が飛びかう。村瀬の表情が少しずつ変化していくのを一枝は感じていた。村瀬の柔らかく大きな瞳が、少しずつ収縮し、細くなり、光を帯びてきた。これは猟師の目だ。獲物を狙う狩人の目が、十九番に釘づけられている。

「どうです？　十九番は」

「球はええな。重くて伸びのあるまっすぐや。投げ方が夏田によう似てるわ。ビッグ・キャッツのスカウトはできが悪いと聞いとったけど、六位に取れる投手やないで、これは。腰回りもしっかりして、大きい尻や」

「言った通りですやろ」

「まだわからん。おい、蜷木といったな、他にも球種見せてくれるか」

まさか初日から監督に声をかけられるとは思っていなかった。

オーストラリアは南半球ということもあって、日本とは四季が正反対だ。二月にオーストラリアチャンピオンになってから帰国し、十月にドラフトで指名され、このキャンプに参加するのに、丸一年という時間があった。

僕はほとんど全ての時間を、練習と体力作りに費やしていた。毎日二十キロの走り込み。水泳とウエイトトレーニングを交互に行い、投球フォームはビデオに撮って、毎日確認した。

一日の食事は六回に分けてとり、高タンパク低脂肪の鶏のささみやひじき、わかめといったミネラル類、小魚でカルシウムを補充し、青野菜もきちんととり、白米ではなく玄米に変えた。体脂肪も一桁に落ち、アルコールも断った。

オーストラリアを発つ前にスピードガンで球速を確認したが、僕のまっすぐは平均百四十六～七キロを出していた。今はもっと速くなっているはずだ。しばらく日本にいなかったブランクを埋めるため、プロ野球中継は生放送で必ず見たし、ビデオに録画して、どのチームにどんな打者がいるのか、どんな攻撃を仕掛けてくるのか、観察を続けていた。各チームの主力打者の特徴は、すでに把握していたし、恐れるものはなかった。

「フォークボールいきます」

よっしゃ、と捕手の声がかかり、僕は左手中指と人差し指に神経を集中する。そしてリリースの瞬間、球を抜いた。

ホームベースの近くまで球が走ると、鋭角に変化し、急激に球が落ちる。外角低めに球が行ったが、捕手は取れなかった。そう、プロの捕手が球の変化についていけなかったのだ。

オーストラリアでの三年、そして帰国してからの一年間は間違っていなかった。確信した僕は、全ての持ち球を披露した。カーブ、スライダー、チェンジアップ。

カーブは指がかかり過ぎて回転がよくなかったが、それ以外の球は十分自信を持てるもので、思わず安堵の溜息が出た。

「まだ二月やぞ。百五十キロは出てるんちゃうか。うかうかしとられんな」

僕の隣にいた投手が、一言そう漏らした。


「監督、これは明日の一面いけますよ。カーブはちょっと悪かったけど、あとの球はすごいですわ」

「確かに、いい球やな。昔の投手を思い出したわ」

「誰ですか」

「うーん、そやな。コントロールは小竹やな。スライダーは稲山。チェンジアップはちょっと甘いが、あのまっすぐがあれば、プロで飯が食えるわ」

「言った通りですやろ。明日でっかく一面で取り上げますわ」

「それはだめや。あかん」

「何でですの」

「あんな投手を一面か？　笑われるぞ」

「ちょっと監督。さっきと言うてることが……」

「言ったやろ。球は確かにいい。昔なら、いきなり大物投手としてデビューできたかもしれん。でもな、あいつは打たれるぞ。今のままでは一軍は絶対無理や」

「わけわからんですよ」

「野球は、何十年プロとして成立してると思ってるんや。職業野球やぞ。さっき言った夏田や小竹や稲山の時代と思っとるんか。進化しないスポーツはない」

「わかりません、わかりませんわ……」

汗は乾き、干からび、すでに塩に変わっていた。帽子のつばは変色し、五月だというのに馬鹿げた陽気で、外野の芝が陽炎のように揺らめいている。

僕はシーズン前のオープン戦で、三度のチャンスをもらった。一試合目のエレファンツ戦、二試合目のバンディッツ戦では合計六回を投げ、一点も取られなかった。その手応えに、僕は、開幕一軍は間違いない、と思っていた。

しかし、先発を言い渡された三試合目ツインビー戦では、四回を投げて六失点。三月半ばで二軍に落とされ、そして今、無人の球場を一人走っている。

どう考えても納得できない。打たれたのは仕方ない。だが、ツインビー戦のその日、僕の球は帰国してから一番の出来で、全ての球が走っていた。事実、打順が一回りする三回までは、一人の走者も出さなかったのだ。

四回だ。制球も悪くなかったけれど、突然打者に全ての球を捉えられてしまった。走者を溜めた局面で、アメリカ帰りの派手な手足の長い四番打者から、外野スタンド中段まで運ばれてしまった。

次の打者もまたヒット。盗塁も二つ立て続けに決められたところで、投手コーチが審判に、僕の交代を告げていた。

僕が甲子園のピッチャーズマウンドに上がる、と決心してから十五年近くが経っていた。そして、僕は紆余曲折の末に、その球場を本拠地にしているチームに入ることができた。でも、僕が一軍にいたのは一ヶ月にも満たなかったんだ。一体全体、僕には何が足りないんだ。こうして休日を返上して走っていても、何も答えが見つからない。

落ちてきた二軍でも、すでに四試合登板したが、結果が出たのは最初だけで、四試合目では、やはり六回を投げて五点を取られてしまった。球速か、制球か、変化球の切れか。わからない、どうしてもわからない。こんな気持ちのまま走っていても、よい結果は得られないだろう。激しい喉の渇きを覚えた僕は走るのをやめた。荷物を置いているベンチへと向かった時、恰幅のよい無精髭を生やした男性に声をかけられた。

「スポーツ記者の一枝です。はじめまして」

「……はじめまして」

「もう練習は終わり？　よう走っとったねえ」

「ええ、まあ。二軍ですから」

「君のことは、よう知っとるんよ。オーストラリアでも見てるんやで」

「本当ですか」

「うん、君の優勝をかけた試合のピッチングを見て、記事にしたんは僕やから」

「ええ！　そうだったんですか」

「あの時はすごかったよ。完璧やったね。誰も君の球をまともに打てへんかったもんな」

「ありがとうございます」

「今の君の球はあの頃より、よくなっているよ。村瀬監督もそう言ってはった」

「本当ですか……。一枝さん、初対面の人にこんなことを聞くのはおかしいかもしれませんが、僕には何が足りないんでしょうか。なぜ打たれるんでしょう。練習も人一倍やっている。打者の研究も欠かさない。精神面も弱くないと思ってます」

「言いにくいけど……。二月のキャンプの時にな、監督がな、球はいいけど通用せんって言うてはったんや。僕もわけがわからんかったから、理由を聞いたんやけど、教えてくれんかったんや」

「そうですか」

「気い悪くせんといてな」

「いえ、はっきり言っていただいてありがとうございます。考えてみます」

僕はその日寝つけなかった。思考は同じところを何度も巡る。記憶を遡り、不確定な将来を想像する。即戦力という触れ込みで入団してはいるが、僕はまるで使えない投手だ。プロ野球選手の平均寿命は約七年、もちろん十年以上プレイする大選手もいるが、だめならば二年、三年でお払い箱になるのがこの世界だ。

日本の野球人口は軟式まで入れれば二百万人以上、そのうち、プロ野球選手は八百人程度の狭き門で、毎年八十人前後が入れ替わるという職業だ。このままいけば僕は解雇されるだろう。そうされないためには、どうすればいい？　焦りという、生まれて初めての感情が僕を包む。おとといのことが不意に頭に浮かんできた。僕はおとどい、意を決して二軍の監督に聞いてみたのだ。答えは簡単。

「プロなら自分で考えろ。自分の問題やろ。お前は試合中も他人に頼るんか、アホ」

喉が焼けるようなきつい酒が飲みたい。深い眠りに逃げ込みたい。星はすでに落ち、空が白んでいる。練習が始まる。


新人の雑用は極めて多い。電話番、掃除当番、荷物運び、スパイク磨き。その日の僕は洗濯当番で、休日の朝から柔軟剤と格闘していた。洗濯物を干し、アイロンをかけ、先輩の部屋まで届けて、初めて仕事が終わる。なかなかの重労働だ。

その過程で、僕はおかしなことに気づいた。投手の先輩のアンダーシャツは全て長袖なのだ。今年は梅雨明けが早く、七月の初めだというのに、すでに入道雲が見えている。日本の夏は、これからますます暑くなっていく。なぜ長袖なんだ？　僕は球を投げる時、もたつくのが嫌で、長袖のシャツを避けていた。でも先輩投手は、全員が全員長袖シャツを着用しているんだ。何か理由があるのだろう。僕は見習ってみることにして、明日の二軍戦、レッドウイングス用に長袖を用意した。

「やっと気づいたか。鈍いで、自分」

二軍監督の岡さんが、急ににやにやして僕に近づいてきた。

「いやー、村瀬監督から教えるなって言われとったからなあ。気づいたならよかったわ。じゃあ、今日は久しぶりに先発いけや」

シャツを着替えただけで、先発とは驚いた。さらに、その日の投球は、信じられない結果となった。あれだけ打たれたレッドウイングス打線が沈黙している。七回を投げ無失点。八回のマウンドに向かおうとすると、監督が呼んでいる。

「今日はもういいで。ご苦労さん。あとはな、変化球を投げる時に、自分のグローブを見る癖な。あれさえ直れば、すぐ一軍や」

癖？

僕の投げ方には何か癖があったのか。いや、そんなバカな。唖然としてる僕を見て、笑いながら監督は続けた。

「なんや、まだわかってなかったんか。教えてしもうたな。あのな、半袖やと腕が丸見えやろ。球の握りで腕の筋肉が微妙に変化するからわかるんや」

「……」

「自分な、球はほんとにええよ。自信を持てや。それとな、無意識のうちに変化球の時は、球の握りが気になるんやろうな。必ずグローブを見てるで。しかし、何で長袖にしたんや」

「いえ、先輩方が皆、長袖を着ていたんです。理由はわかりませんでしたけど、僕もやってみようと思いまして」

しばらくの間、大笑いした岡さんが真顔になった。

「怪我の功名、ちゅう言葉もある。長袖を試してみたんはええことや。そこまで来ればいずれは気づいたやろう。四日後にもう一度先発せえ。そこで結果出したら、上に行ってもらうで」

「本当ですか」

「二十一年ぶりに一軍が優勝争いしとる。でも投手がおらんから、いっぱいいっぱいで、いつ脱落してもおかしくない。村瀬さんからは一週間に一回は電話があったで。十九番はまだか、十九番はまだ気づいてないんか、言うてな」

# 第五章　チェンジ

　重苦しく、まとわりついてくる暑さ。頬をなでる蒸した浜風。空には薄くなり始めた月が見える。何十万個のメガホンが刻む規則正しいリズム。高音を奏でるトランペット。手拍子。足踏み。口笛。腸が揺さぶられるのではないかと気にしていた大歓声は、客席の大銀傘のおかげで、思っていたよりは柔らかく聞こえた。

　大正時代にできたこの古いスタジアム、そのすり鉢状をした中心に僕は向かっている。スコアは四─三、ビッグ・キャッツがキングスに一点差をつけた九回表、無死一塁。その場面でブルペンの電話が鳴り、

「蜷木、いくで」

とコーチから声がかかった。

「ピッチャー、中山に代わりまして蜷木、背番号十九」

球場に、岡山生まれのボーカリストと、東京出身のギタリストが作った、パンクロックの曲が鳴り響く。マウンドまでゆっくりと向かう僕に、観客の声がはっきり聞こえた。

「誰か知らんけど、がんばってや」

「こんな局面で新人使うなんて、アホちゃうか」

三塁側に大きな笑い声が起こり、僕は顔を赤らめた。

「蜷木君、小学校の時のピッチングを思い出せ！」

どこから声が聞こえたのかはわからない。でも僕にはわかった。中田君だ。中田君が見に来てくれている。僕の頭に、初めて中田君と三角ベースをした、あの小学校の校庭がよみがえった。うん、大丈夫だ。僕はゆっくりと肩を回し、体の硬さをほぐした。

ピッチングコーチから球を受け取り、投球練習を済ませると、キングスの四番打者が打席に入ってきた。

北陸の高校からキングスに入団した左打ちのこの男は、年々歳々筋肉が増え、高い技術と高潔な人格で球界一の人気と実力を誇っている。それにしても大きい。僕より二回りは大きいのではないか。軽く素振りをしてはいるが、空気を切る音が聞こえてきそうだ。でも、僕には不思議と恐れる気持ちはなかった。

捕手のサインは初球外角低めのまっすぐ。外してもよい、というもので、走者の動きを確認してから、僕は打者をめがけて思い切り腕を振った。肘が抜けるような感覚が残ったが、審判は高々と手を上げていた。

「ストライク！」

球場の雰囲気が一変した。ほおっという溜息、そして大歓声。百五十七キロ、という数字が電光掲示板に光っている。

二球目も同じサインがかわされた。この巨人、今度は振ってくる、確信めいたものがあったが、この速度なら打てるはずがない。弓から引き抜かれた矢のように球が走った。しかし、さすが球界きっての実力者、巨人はバットに当てた上、球を引っ張ってきたんだ。一塁線を鋭い打球が襲う。

「ファウル」

審判の声に、僕はふうと息をついた。百五十八キロ、という数字が出ている。なんてこった。オーストラリアにいる時より、球速は十キロ増している。あの力のある外人連中が、引っ張れずに当ててるだけだった球を、この巨人は二球目でバットの芯に食わせてきた。

捕手のサインは三球勝負。これまでと同じコースにチェンジアップだ。なるほど、緩急か。百五十八キロの後に百二十キロの抜いた球なら、さすがの巨人も、目がついていくまい。

僕は球をＯＫのサインで握りしめ、強く速く振り抜いた。巨人の腰は砕けたが、それでもバットの先端に球を上手く当ててきた。打球は遊撃手の正面に力なく転がり、二塁手に転送して併殺打。巨人は苦笑いを浮かべながらベンチへ帰っていった。

二死走者なし。ここでひときわ大きな歓声が上がった。地元出身の強打者。頭を丸め黒光りする太い腕、精悍な風貌の怪物が打席に入った。こいつはさっきの奴より大きい。どうなっているんだ。何を食べればこうなるんだ。怪物が僕をにらみつけている。

初球は内角低めにまっすぐ。プロ二十年目になる大ベテランの怪物も、速球に合わせるのは厳しいだろう。バットは空を切る。二球目は同じコースにスライダーで二―〇。三球目は高めの釣り球を投げると、バットはまたしても空を切る。怪物は悔しそうに、バッターボックスにバットをたたきつける。歓声はさらに球場に響き渡り、空気を揺らした。

「五万五千人のファンの皆さん、今日のヒーローインタビューは、素晴らしいピッチングを見せてくれました、ルーキーの蜷木投手です！」

「ありがとうございます」

「どうですか。初登板の印象は？」

「はい、子どもの頃に戻った不思議な感覚で投げることができました。親友が見に来てくれたようで嬉しかったです」

「親友に捧げる勝利ですか。おめでとうございます。さて、これでキングスに一ゲーム差をつけて、首位に立ったわけですが、どうですか。優勝が見えてきたんじゃないですか」

　地鳴りするような大歓声が、アナウンサーの声をもかき消す。

「少しでも貢献できれば嬉しいです。僕が投げる試合は、お客さんに喜んでもらいたいです。秋口まで投げられれば幸せです」

「秋口ということは、日本選手権に出場、すなわち日本一ですね」

「ええ、投げる以上は」

何万人もの絶叫が球場を埋め尽くした。

「本当はな、あの局面で、お前さんを使う気はなかったんや」

金縁の眼鏡に細く長い目、薄くなり始めた髪、ふくよかな頬、太い腰回りをしたこの監督に、僕は親しみを感じていた。

試合後、薄暗く狭い監督室に、僕は一人で呼ばれていたのだ。

「寂しい話やけどな。この夏、優勝の可能性も見えてきたのにな、投手が底をついてしまったんや。先発は四人しかおらん。中継ぎ陣は連日の登板で限界が近い。抑えは肩に痛みが出て、登録抹消や。初登板の新人をいきなり勝利を決める場面で使うなんて酷やなあ、とつくづく思ったけどな」

「いいえ、嬉しかったです。いつ出番が来るか、ずっと待ってましたから」

「ほう、そうか。さっきのインタビューを聞いて思ったが、お前さんは強気やなあ」

「いいえ、そうじゃないんです。気が弱いとは思いませんが、強い方でもありません。普通です。ただ僕は……」

「なんや。気になるやないか」

僕は今までのことを語っていた。両親のこと、一度野球を捨てたこと、海外でのこと。

「僕は本質的な意味で、他人から必要とされたことがなかったんです。僕が他人を必要としたことは何度もありました。そして、それに応えてくれた人がいました。大好きな野球をやれて、今日、何万人もの人が僕の名前を呼んで、喜んでくれました。子どもの頃からの憧れのチームに入れて、何も言うことはありません。僕でよかったら、いつでも使ってください」

「そうか。そこまで言ってもらえるなんてな。このチームに入ってよかったわ。プロ野球はな、勝利が全てではないんや。まず何よりもお客さんに感動を与えなあかん。素人さんにはできんことを、いともたやすく涼しい顔でやってのける、これがプロや。うちのチームはまだまだこのレベルやないな。だったらな。勝敗は別としても、決して勝利を諦めないプレイをお見せすること、せめてこれぐらいは、やらなあかん。正直な話な、このチームは人気にずっとあぐらをかいてきた。キングスに一ゲーム差をつけたくらいで、喜んどる。でも、ここからが一番厳しいんや。何もわかっとらんわ」

村瀬は目を細め、力強い口調で、こう続けた。

「お客さんに感動を与える、これが大前提やぞ。その上勝たなあかん。ただ勝つだけではプロやない。アマチュア野球や。そこで一つお前さんに頼みがある」

「わかりました」

「おいおい、まだ何も言ってないぞ」

「いえ、監督を信じましたから」

「意気に感ず、やな」

「はい？」

「蜷木。我がビッグ・キャッツにはまだ残り二十五試合ある。この試合勝てる、と思ったら何回だろうとお前さんをつぎ込む。しかも、それがずっと続くかもしれん。かまわんか？　いくら若いといっても、体力的にも精神的も相当きついぞ」

「わかりました、監督。その答えはもうすでに伝えてます」

「何？」

「最初に言いましたよ。僕でよかったらいつでも使ってください」

「そうか、ありがとう」

庭の松虫　音を止めてさえ　もしや来たかと胸騒ぎ

なんてえ、古いですけれど艶っぽい都々逸がございますが、ずいぶん秋めいてきましたな。秋っていいますと、彼岸に中秋の名月、鰯雲、野分けに雁渡し、苅田に落穂、かかしに新わら。放生会に菊供養、酉の市に七五三、鹿にいのしし、あきつばめ。紅葉錦木蔦かずら。

そぞろ寒くって冷ややかで、何だか陽の落ちるのも早くなってきまして、がらでもないのに寂しい気がいたします。ま、読書の秋、スポーツの秋、食欲の秋、なんて使い古されて誰が言ったんだか知りませんが、昔っからこう言われてまして、私なんざあ、読書、なんて言われましても椅子に腰掛けじっと本を読む、なんて嫌で嫌で仕方がないんで、勉強なんてできやしねえ。てんで行く所なんてなくなっちまって、そんでこうやって板の上の高い所からわけもわからずしゃべっている、と。こういうバカな野郎の話を聞きに、こうして多くの、まあ、多くはないですが、数少ない貴重なお客さんがしかめっ面してこっちを見てる、てんですから、おかしな話でしてね。

スポーツってえと、私、運動はからきしだめで、相撲なんて裸の男同士で抱き合うことに興味はありませんし、柔道なんてやった日にゃあ、すぐに肩が抜けちまう。球を投げるってても、すぐにあさっての方に行っちまうんでね。私はもっぱら見る専門。どんなスポーツも詳しくねえんですが、ここんとこ野球が盛り上がっているようでして、最近のビッグ・キャッツはすごいですな。テレビをつけた途端に大歓声で、アナウンサーも解説者もうるさいもんですから、何が何だかわかりやしません。何でも二十一年ぶりに優勝しそうだ、ってんで大騒ぎしてやがる。そういやあ、若い投手でなかなか感心なのがいましてな。ビッグ・キャッツが危なくなるってえと、すぐに出てくるんで、火消しですな、昔の。まとい持ってんじゃねえか、てんでね。やたらと毎日出てきちゃ、火い消してる。甲子園じゃタバコ飲めないよ。蜷木って若い投手にすぐに消されちゃうから、なんて言われてるそうでして。

わたしゃお前に火事場の纏　振られながらも熱くなる

食欲の秋、うん、これなら私の得意だ。嫌いなもんなんてありません。なーんだって、いただいちゃいます。旨いもんがたくさん、ありますな。今の季節は松茸、新しょうが。栗に唐なす、さやいんげん。じねんじょ、ねんじょ、さつまいも。さばに太刀魚、鮭、香りがよくって、飯に合って、どいつもこいつもたまらないんですが、一番合うのは、なんといっても酒。誰がなんと言おうと酒。肌寒くて人恋しい時分にはこれしかありませんな。

お酒は飲みたい　酒屋は遠い　買いにゃ行けるが　ゼニがない
逢えば恨みの　言葉も鈍る　惚れた因果か　この弱さ
いろは紅葉も　こくなるからは　ぱっと浮名が　竜田川
ぬしと私は　玉子の仲よ　わたしゃ白身できみを抱く
都々逸もうたいつくして　三味線枕　楽にわたしはねるわいな
はい、お粗末様でございました。

《八月十九日》

今日からいよいよ交流戦が始まる。この交流戦とは、異なるリーグのチームが戦うもので、数年前から始まった試みだ。日頃対戦しない相手でもあり、僕は緊張と不安、そしてどんな優れた打者がいるのかという、強い好奇心に包まれていた。
初戦の相手はカウズ。僕たちの本拠地の西宮からは、そう遠くない藤井寺にあるチームだ。猛牛打線と呼ばれるほど、強打者がそろっている。

今日はやはりというか、相手の大エースに完璧に抑えられ完封負けを喫した。茫洋とした風貌。体を大きく回転させる特異なフォーム。格闘家を思わせる厚い胸板。競輪選手のような太い腰と太腿。僕の倍近い筋肉の量だろう。近代野球において、ほぼ二つの球種だけで大エースを張れるのは、彼しかいない。重く速い球と、大きく鋭く落ちるフォークボール。わかってはいても打てない球であり、我がチームは、三振と凡打の山を築いた。僕はひたすら緊張して出番を待っていた。

六回裏、〇―三の局面で、僕はようやく呼ばれた。ワンポイントで投げ、なんとか抑えはしたが、対戦したあの黒人スラッガーはただ者ではなかった。振りは荒くて穴だらけ、高めに難があるのは誰にでもわかる。しかし、驚異的なリーチの長さと人並外れた腕力は、決して侮れない。僕は桜野さんのサイン通り、丁寧に丁寧に高めをついたが、一球だけ、わずかに低くなった。炸裂するような打撃音がし、僕は思わず目をつぶった。風が味方したのか、左中間の奥深くで打球が失速、思わず安堵の溜息をついた。

試合後、桜野さんとチューハイで喉を潤しながら反省会。なぜボールがコントロールできなかったのか、遠征続きで走り込みが不足していたのではと指摘される。明日はダッシュのメニューを倍にし、アメリカンノックを受けるよう、親身にアドバイスされる。感謝しかない。

《八月二十一日》
明日の試合は港町神戸。これまた、西宮から近くて助かる。山の近くにあるスタジアムは、内野まで綺麗に刈り込まれた天然芝が敷き詰められ、グラウンドにまかれた水が、水蒸気を作り出している。

この美しいスタジアムを本拠地にするのはブレーブス。言わずと知れた、日本一の左打者のいるチームだ。高卒二年目で、プロ野球の安打記録を塗り替えた天才打者だ。彼には全く穴がない。内角外角、高低、緩急。全てを駆使するしかないが、彼のバットコントロールは自由自在で、打たれるのはもう仕方がない。とにかく、彼の前にランナーを出さないこと。ヒットならＯＫだ。しかし、先頭打者としても恐ろしい。俊足であり、盗塁もバントも得意、長打力だってある。

試合前日のミーティングで、どう抑えるか、投手陣全員とコーチ陣も含めて話をしたが、なかなか答えが出てこない。

「わしに任せとけ」

監督がにやりと笑い、報道陣を集め、こう切り出した。

「あいつは確かに天才、すごいバッターや。わしの長いプロ野球人生の中でも、初めて見る突出したレベルや。でもなあ、千両の馬にも難がある、この言葉を知ってるか。奴はなあ、内角高めが効くぞ。ここだけが穴や」

新聞記者たちは、そそくさと、蜘蛛の子を散らすように消えた。おそらくこのコメントを、さっそく記事にするのだろう。

「監督、何であんな秘密をばらすんですか。わざわざ敵に塩を送らんでも……」

「敵を欺くには味方からや。あいつを封じられる球なんてないわ。何せ、ワンバウンドのボールをヒットにする奴やからな。内角高めというのはまき餌や。ブラフや。はったりや。弱点のないあいつが、内角高めをいつもより意識するだけでいいんや。それだけで、奴の精密機械のようなバッティングに、わずかでも狂いが出ればしめたもんや。ええか、先発も中継ぎも抑えも、一球だけでいい。必ず内角高めに投げろ。それだけで向こうは疑心暗鬼になる。勝負するのは、対角線の外角低めや。それなら、もし打たれてもヒットが精々や」

「ははあ……」

「野球の試合と書いて、騙し合いと読む。わかったな。明日は内角高めやで」

夜が明けて、快晴の下、デイゲームが始まった。先発の池谷さんは、先頭の天才打者への初球、いきなり内角高めにまっすぐを投げ込んだ。明らかにボール球だったが、あの天才打者も、執拗な挑発を受けたせいか、思わず強振した。結果は、力のないライトへのライナーに終わった。監督を見ると、うっすらと笑みを浮かべている。

「言った通りやろ、蜷木。お前の出番は七回あたりや。それまでに皆がどんどん内角高めに投げ込んでくれる。細工は流々、仕上げを御覧じろや。外角低めで仕留めたれ」

「わかりました。外角低めのスライダー、ボール球で勝負します」

僕の出番は監督の予言通り、七回裏に来た。スコアは三―二、ツーアウト一塁で、天才打者を迎える局面、僕の名前が球場にアナウンスされた。

初球は外角へのカーブ、上手くストライクを取れたが、まるで振る気配がない。ははあ、こりゃあ完全に内角高めを意識しているな。ならば、次は内角高めのボール球でファウルにさせ、三球目は外角低めのスライダーだ。桜野さんも全く同じ読みだったらしく、サイン交換は瞬時に終わった。バッテリーがあうんの呼吸ならば、打たれることはまずない。

僕は自信を持って、思い切り腕を振った。我ながら指に掛かった回転のいいまっすぐが行く。

『よしっ見逃した。ツーストライクもらった』と思った刹那、バットが一閃した。火の出るような強烈な打球は、勢いよく二遊間を完全に抜けた、と思ったが、原田さんが身を挺して止め、矢のようなボールを一塁に送った。間一髪アウト。あれだけ内角を意識させ、もうないと思ったはずなのに、それを待っていたとは。僕の背中に、冷たい汗がにじんだ。

試合後、原田さん、桜野さんと神戸の中華街に出る。暮れなずむ街の雑踏をかき分け、冷えた生ビールを一気に喉に流し込んだ。そしてザーサイ、エビチリ、焼売、春巻きを堪能する。

「あいつと同じリーグやなくて助かったわ」

これは原田さん。

「あれだけ内角高めを意識させておいて、でも最後はきっちり合わせてきますもんね。脱帽です」

これは桜野さん。全く同感と頷いた。

《八月二十七日》

今日は博多だ。学生時代、何度も来たことはあるけれど、アクセスの良さには改めて感心した。空港と駅が近く、街並みもほどよいサイズだ。伊丹からの道中の、まあ楽だったこと。おかげで、機内からバスまで、ほとんど熟睡することができた。

今日からは、九州唯一のチーム、コンドルズが相手だ。昨夜はチーム全員で、中洲の街に繰り出した。九州一の歓楽街の由、名物の鶏の水炊きをたらふく食べた後、先輩方は、夜のお姉さん方のいる店に繰り出した。僕たち若手は色気より食い気、名物の屋台で、風に吹かれながらラーメンと餃子を腹の中に収めた。

この球場は何せ広い。日本初の開閉式ドームであり、ファンの熱気も凄まじい。まずはこの独特の雰囲気にのまれないよう、冷静にならねばと外野で走り込む。

でも、コンドルズの打撃練習を見ていると、吐き気がこみ上げてきた。打撃音が違う。スイングスピードが違う。さすがは何度も日本一になっただけのことはあると痛感した。それもそのはず、アメリカでバリバリ活躍していたメジャーリーガーが、このコンドルズでは七番を打っている。

特に目立つのは五人。走攻守全てがハイレベル、右打ちの二塁手。抜群の筋力を誇る身体能力に優れた強打の捕手。この人は座ったまま二塁まで投げられる。本塁打王になった、チャンスにめっぽう強い、チームリーダーの三塁手。そして、両リーグでの首位打者という経歴を持つ、バットコントロールに優れた国際試合に強い、大分県出身の一塁手。

でも、僕が対戦するのは、左対左ということもあり、おそらくこの男だろう。立派な眉と、いかつい風貌は野武士を思わせる迫力だ。丸太のような太い腕と腰回り。全身が筋肉の厚い鎧に覆われた、ＤＨの左打者だ。金太郎というあだ名も頷ける。金太郎には弱点がない。内角のさばきは芸術的。外角の球も綺麗に拾う。速球に強く、変化球にも上手く合わせてくる。唯一の欠点は鈍足ということぐらいか。

八回裏、二―二。これ以上点をやれない場面で、やはり僕の名前がコールされた。僕は思わず身震いしたが、やるしかない、と腹をくくる。

初球、様子見で外角低めのストレート、ボール球。バットは微動だにしない。二球目は外のカーブ、これもわずかに外れてボール。三球目、外を意識させた上で、内角高めに渾身のストレートを投げ込んだ。

百五十六キロ。決して悪くない速さだが、バットがしなり、乾いた金属音を残した打球は、右翼フェンスを直撃していた。ファウルだったからよかったものの、あんな当たりをされては、さすがに厳し過ぎる。ならば緩急だと四球目、外角低めに、百十一キロのチェンジアップ。先のボールと比べ、四十五キロの球速差があった。これには手が出ないだろうと思っていると、突っ込みかけた体を上手く止め、間を作りながらボールを拾われた。打球は左翼スタンドまで入ったが、運良くポール際のファウル。すかさず、桜野さんがやってきた。

「まずいな。持ち球は全部見られてるぞ。何で勝負する？」

「博多入りしてからずっと、金太郎の動きを見てました。今、彼は本当に絶好調で、つけ入る隙がまるでありません。もう歩かせましょう」

「わざわざ勝ち越しのランナーを塁に出すんか。今、同点だぞ」

「勝負は打席だけじゃないでしょ」

僕がとぼけた声で返すと、さすがは桜野さん、すぐに気づいたようで、ニコリと笑った。

「よし、打ち損じたらラッキー。だめならフォアボール。後は任せとけ」

結局、二球続けての外角低めに、金太郎は手を出さずにフォアボール。試合終盤、とうとう敵の勝ち越しランナーが塁に出た。

敵チームのベンチが激しく動き始め、各選手にアドバイスをしきりに送っている。

次のバッターは僕の同郷の右打者、これまた天性の打撃技術を誇る男だ。僕は打者に目をやり、サインに頷く。そして初球を外角高めに大きく外した。もちろんボールだが、それはこちらの罠で、桜野さんが取りやすく投げやすい所にわざと放ったのだ。桜野さんの強肩はリーグ一だ。素晴らしくコントロールされた牽制球が一塁手に渡り、タッチアウト。

金太郎は、勝ち越しのランナーだから、きっと気がはやる。その心が、彼のリードをいつもより大きくするだろう。僕たちバッテリーはそこを見越していたんだ。

このビッグプレーが効いた。我がチームは粘りに粘り、試合を延長まで持ち越すことになった。代打の神様と呼ばれる三木さんに、決勝タイムリーが飛び出すことで、勝利の女神はビッグ・キャッツに微笑んだ。歓声がドームに響き渡る。

その晩、敵の本拠地に隣接する宿舎のホテルの最上階のバーで、僕と三木さんと桜野さんは、何度も何度もビールをおかわりした。

正に勝利の美酒であり、僕たちは閉店時間まで、お互いを称え合った。ビッグ・キャッツ一筋、二十二年目の大ベテラン、三木さんがポツリと漏らした。

「俺たち、もしかしたら優勝できるんちゃうか……」

《九月四日》

この日でフェニックスとの三連戦が終わった。神宮球場は初めてだが、木がうっそうと茂り、都内の中心部とは思えない雰囲気。幸いにも新宿近くの宿舎だったので、球場までの移動距離もさほどなく、そう疲れはしなかった。

僕は三連投で五回を投げて失点一、チームは二勝一敗。キングスが三連勝したため、首位に並ばれてしまった。

今日の登板、鍵を握っていたのは、眼鏡をかけた捕手兼四番打者だ。本塁打こそ打たれはしなかったものの、四球、単打、三振と、僕の満足のいく結果ではなかった。

彼は懐が深く、バットのヘッドが遅れて出てくるので、非常に投げにくい。どちらかといえば内角が苦手とは思うが、上手くファウルで逃げてくる。癖は出ていないと思うが、最後の打席では十数球以上粘られてしまった。

試合の後、先輩たちは、格式高いホテルの最上階に僕を連れて行った。そこで鉄板焼きをごちそうになる。薄く切った神戸牛のサーロインをミディアムレアに焼き上げ、大葉やシソのみじん切りを挟む。赤ワインをベースにしたタレにつけると、あまりのおいしさに、僕は何度もおかわりを繰り返してしまった。

食後、順番が逆になってしまったが、フローズン・ジン・ライムを飲む。好きな銘柄のジンだったので嬉しかった。明日は名古屋へ移動。ユニコーンズとの連戦が始まる。

《九月六日》

名古屋球場には独特のモツの匂いが漂っている。ここは新幹線の引き込み線が近くにあり、都心部からやや外れた場所に位置している。スタジアムは非常に狭い。金網が高く内外野に張り巡らされているため、圧迫感が強い。自分が闘鶏場に入れられた感じがし、アドレナリンが沸騰する。

ユニコーンズの要注意打者は二人。反射神経に優れた確実性のある小柄な左打者と、三冠王を何度も獲得した右打者だ。

ユニコーンズ戦の初戦、八回裏一死一・二塁、スコアは三―二。ビッグ・キャッツがリードした場面で、僕の出番は来た。

左打者への初球は外角高めのまっすぐ。百五十四キロを計測し、見送るかと思ったが、バットを上からかぶせるように合わせてきた。二塁手の正面へのライナーでアウトカウントを稼ぐ。でも、僕の脇からは、冷たい汗が流れていた。初打席の初球から、バットの芯に合わせてくるとは。この男の動体視力は動物並みか。

息つく間もなく三冠王が打席に入ってくる。眠たげな瞳、恰幅のよい体、バットを本塁側に突き出した構え、芸術的なバットコントロール、たぐいまれな洞察力、ビビッドな感性、そのたたずまいは昔の剣豪を思わせ、僕はエクスタシーに近いものを感じていた。

ストライクからボールゾーンに逃げるスライダーには無関心。カーブ、フォークと試したが反応がない。すっぽり抜けて真ん中に入ったチェンジアップにも、三冠王は、バットを振らない。

「タイム！」

声がかかり、捕手の桜野さんがマウンドにやってきた。

「おい、まっすぐ待ってるで」

「やはりですか」

「もう一球カーブいくか。そしたら三振取れるやろ、取れるけどな……」

「けど、何ですか？」

「お前の一番自信ある決め球はなんや」

「まっすぐです」

「あの人との勝負はこれからも続く。この初対決が一番大事や。ここで逃げたら、また逃げなあかんぞ。あの人はな、お前の決め球を打ってくる。そうやって初対決でお前の全てを打ち砕き、恐怖心を植え付けるつもりや。怖い人やで。カーブで三振取られても、笑ってるだけやろうな」

「面白いじゃないですか。まっすぐ、投げていいですか」

僕の言葉に、桜野さんは、一気に笑顔になった。

「それを待ってたんや。大丈夫、お前のまっすぐなら打たれへん。俺のミットだけを見て、腕だけは大きく振れよ」

「ハリーアップ！」

球審から声がかかり、僕は大きく深呼吸した。僕は三冠王に向けて、敬意を込め、渾身のまっすぐを投げ込んだ。

『しめた。振り遅れた！』

確信は一瞬でかき消された。三冠王は右狙いで間を計っていただけだったんだ。それに気づいた時、血液が頭からつま先へとゆっくりと下がっていく、という不快極まりない感覚を味わった。打球は一・二塁間を抜く。僕は奥歯をかみしめた。だが、次の瞬間、

「バックホーム！」

桜野さんの大声が響く。二塁走者の足と右翼手の肩との勝負だ。ノーステップで軽く投げただけと思ったが、素晴らしい球が戻り、走者は砂塵の中で捕手に捕まっていた。

「アウト！　スリーアウト！　チェンジ！」

溜息にも悲鳴にも似た歓声が、球場を包んでいた。

ベンチに戻った僕は、右翼手の北野さんにお礼を言った。

「ありがとうございました」

「そんなこと、言わんでええよ」

「すごい返球でしたね」

「お前らバッテリーが、あんだけマウンドでしゃべってるんやで。あー、こりゃあ、まっすぐ勝負やな、打たれるで、って思ったもん」

「すみません」

「あの人は三冠王やで。まっすぐが来る、わかったら、そら打つわ。ま、まっすぐが速いからこっち来るやろ、と思ってバックホームの心構えはしとったから」

「本当にすみません」

「ええよ、俺もいいとこ見せとかんと、飯食われへんからな」

北野さんは気持ちよく笑った。

この日、なんとか三―二のまま勝利。深夜まで桜野さんと泥酔。極度の緊張からの解放で生ビール、冷や酒、ウイスキーのオン・ザ・ロックと酒が止まらなかった。

《九月十一日》

朝から霧雨。午前十一時を過ぎたところで雨天中止。九試合のうち八試合を投げたので、よい休養となる。せっかく横浜に来ているのに、と思ったが、ホテルで終日熟睡した。

《九月十四日》

広島でのデイゲーム。この球場は非常に狭いから、本塁打が出やすいだろう。

ここ広島を本拠地とするレッドウイングスは、十二球団で一番の練習量を誇り、粘り強く諦めない野球をする。足の速い選手が多く、かつ両打ちもそろっている。

僕の出番は九回裏、走者なし、スコアは六―四の場面で、二点差あるので楽だな、と思っていたが、これがとんでもない間違いだったことに気づかされた。

マウンドの土が軟らかく感じられて、制球が定まらず、先頭打者に四球。すかさずヒットエンドランをしかけられ、無死一・三塁、打者を追い込んだがそこで重盗。ヒット一本で一点取られて、なおも無死二塁だ。そこで村瀬監督がマウンドにやってきた。

「何をやっとるんや。この試合はお前にくれてやる。走者は気にするな。打者に集中せい」

打者には三塁まで進まれたが、桜野さんがスクイズを見抜いて、なんとか逃げ切った。

《九月十六日》

下関でのドルフィンズ戦、移動の際に時間が空いたので、観光気分を味わえた。下関駅はプラットホームが長く広く、戦前の賑わいを感じさせる。満州への特急や貨物列車が行きかい、さぞかし華やかだっただろう。それが今ではほとんど人気がなく、斜陽という言葉が当てはまる。

今日の登板は七回裏、一死二塁、スコアは五―五。最初の打者はセンターフライに仕留めたが、次の打者は、僕の一番苦手なタイプだ。

上背はないが無表情で、足を珍妙に大きく開いている。このオープンスタンスは内角に苦手意識を持つ打者がする構えで、外角の球は打ちづらいのが常識だ。だがこの打者は、内角低めも上手くすくい上げるし、外角低めも拾ってしまう。もう一つ付け加えると、走者が得点圏にいる時の打率が、飛び抜けて高いんだ。甘いコースに球が行くと長打もありえる。

「ピッチャー蜷木に代わりまして、葛藤」

驚く僕に、さらに聞こえるアナウンスの声。

「ファーストのパトリックに代わりまして、蜷木」

『？　僕は一塁を守るの？』

口が開いたままの僕を、葛藤さんはマウンドから追い出した。さらに驚いたことに、葛藤さんが打者を打ち取ると、僕はまたマウンドに戻されたのだ。

「お前があのバッターを苦手にしとったのは、わかっとったからな。逆に葛藤は、アイツとの戦いは得意や。だからやってみたんや」

「……監督。最初に言ってくださいよお」

「アホか、奇襲をするのに、やりますよって教える奴がいるか」

恐れ入りました。僕が一塁の守備についている時に球が飛んでこなくて、本当によかった。

《九月十八日》

貸し切りバスで長崎まで移動。道中は長く、大阪の四人組のロックバンドの新譜を繰り返し聞いていると、唐突に海が視界に入ってきた。穏やかな海面、屈曲した湾岸、街並みが狭い平地にへばりつく。山々の中腹といわず、山頂付近まで建物がある。

長崎駅は終着駅であり、始発駅でもある。駅の横には、こぢんまりとしているが、美しく整備された港がある。運河には、幾千もの船が浮かび、遙か彼方では小さなタグボートがタンカーを引っ張っている。

群青色の客船、巨大模型のジャンク船。美術館と公園。かわいらしいヨット。路面電車がゆっくりと東西を行き来する。クルーザーでは原色の服を着た若者たちがはしゃいでいる。漁船には大量の鰯が積まれ、赤黒く日焼けした猟師の野太い声が聞こえる。目を細め煩わしげに、それを聞いているサバ虎の猫。僕は一目でこの街が好きになった。上手くは言えないが、自然と都会が共存しているように思えたのだ。東洋と西洋、過去と現在が、混在する街。僕は今日の試合のことも忘れ、車窓からの景色を飽かずに眺めていた。

「余裕あるのう」

三木さんが笑いながら、僕の脇を肘でつつく。

「まあ、今日ぐらいは、お前さんに観光させたるわ」

そして、その夜は言葉通りになった。長崎中心部から、わずかな距離に球場はあった。field turf の色鮮やかな芝。そこでは山々が穏やかな曲線を描き、特急電車の光が目を差す。月はゆっくりと落ちていく。

強い潮風に乗って、上本兄貴の満塁本塁打。バンディの特大の一発。果てしなく連打が続き、一回の僕らの攻撃だけで三十分はかかったと思う。鳥山君と藤木さんが三つダブルプレイを決め、後ろ髪の長いエースが完封。この日のキングスには、覇気がまるで感じられなかった。僕は、弓橋さんや田端さんとベンチでしりとりをしただけ。ゲームはあっけなく終わっていた。

試合後、僕たちは銅座という歓楽街に繰り出し、腹が苦しくなるまで飲み、食べた。トリガイ、太刀魚、あらかぶ、トルコライス、焼売、春巻き、豚角煮、ちゃんぽん、ばってんめん、ビール、焼酎、ウイスキー、しめに豚まん、気づくと朝になっていた。

翌日は飛行機の時間まで観光。孔子廟を出ると、旧イギリス大使館があり、グラバー邸をくだると、天主堂がある。造船所と高層建築が見え、出島があり、中華街があり、異空間に閉じ込められたような、不思議な感覚だけが残った。

《九月二十日》

キングスとの三連戦終了。二勝一敗で一ゲーム差をつけて、ビッグ・キャッツは単独首位。三連投六回を投げて自責点一、本塁打一という成績。なんとか合格点か。それよりも、宿舎に戻ってきてから、左肘が痛む。こうしてペンを持っていても、鈍痛がある。幸い明日、明後日は試合がない。

《九月二十一日》
整形外科受診。左肘に炎症、浮腫。抗炎鎮痛剤の処方。終日疼痛。
《九月二十二日》
別の病院受診。座薬、湿布処方。腫れは引かず。
《九月二十三日》
甲子園でのユニコーンズ戦。六回途中から、リリーフするも四連打を浴びる。三―六で敗戦。キングスに並ばれる。
深夜より発熱。座薬のおかげで、数時間眠るも、肘の腫れ引かず。
《九月二十四日》
移動日。東京。激痛。

脂汗が服ににじむ。蒸留酒をあおって、痛みを抑えたつもりだったが、眠れたのはほんのわずかだ。痛みが極限に達すれば意識を失うとはいうが、まだそこまではない。残りは三試合。そのうち一つ勝てば優勝なのだが、僕たちはここに来て四連敗をしていた。

いつのまにか、キングスは失速し、代わりにユニコーンズとフェニックスが猛烈に追い上げてきた。監督にもチームにも、もちろん僕にも、焦りは隠せない。

昨日、一―九で大敗をした後、監督に呼ばれた。

「疲れているのはわかっているけれど、明日先発いってくれるか。もう投手がおらん。明日決めたいんや。このチームの状態やと早めに決めんと、まずいわ。お前に任せたで」

監督の期待に応えたい。僕は腕のことを、とても言い出せなかった。

部屋に帰った僕のところに一通の手紙が届いていた。

蜷木崇君へ

ずいぶんとご無沙汰しています。君のお母さんの三回忌で会って以来になるのかな。

君に連絡したいと、常々思ってはいたんだが、遠征続きで疲れているだろうと思って、遠慮していた。でも、そろそろちゃんと、君に本当のことを伝えないといけない。

僕は今、実は入院中なんだ。少し前に、肺に腫瘍が見つかってね、検査結果があまり芳しくないんだ。

君が高校生の時、夜遅くまで話し合ったのを覚えていますか。もし、あの時のことが、君が立ち直るきっかけとなったのなら、こんなに嬉しいことはありません。

僕は今、病室から一歩も出ることができず、君の試合はテレビで見るのがやっとです。でも、テレビの中で生き生きと輝く君に、いつも元気をもらっています。同じ病室の仲間たちも、いつも君を応援しているよ。

僕も、ビッグ・キャッツを応援して長いが、ここまで喜べるシーズンは何十年ぶりだろうか。ピッチャーは弱く、守備はザル、とにかく打てないチームだったからなあ。僕は嬉しいよ。君がここまでやるとは、思ってもいなかった。いや、本当に立派です。

さて、ここからが本題です。素人の意見に過ぎないのですが、もしかして君は、どこか痛めているのではないですか。画面越しにですが、時折君の表情が苦しそうに歪むことがあります。そこがどうにも気になって、仕方がありません。

プロ野球選手に対し、またまた余計なお世話かもしれません。でも、君の野球人生はまだまだ続きます。くれぐれも無理はしないでほしい。長年のファンとして、ここまで優勝争いをしてくれただけで満足です。待つことにはもう慣れっこさ。でも、本音を言うと、胴上げ投手になった君の姿を見たいなあ。

僕はこの病気を必ず治します。どうか君も、悔いのないシーズンを送ってください。あの名島のように、僕は病気に、君は試合に勝って、おおいに笑い合える日が来ることを、楽しみにしています。

安藤　しげじ

チームの状況はよくわかっていた。僕とともに控えをしていた先輩はアキレス腱断裂。春には五人で回していたローテーションも一人欠け、二人欠け、雨や移動日が多かった変則日程でなんとかなっているだけだ。中継ぎ陣も登板過多であきらかに球威が落ちている。鳴り物入りで加入した新外国人も、成績不振で帰国。四番打者も肩を痛めて、戦線離脱。ゲーム差は一・五つけてはいるが、並ばれたも同然で、余裕のなさが失策を生んでいる。絶好球を打てず、四球を連発。ここ最近、ビッグ・キャッツは一勝もできていない。

僕は朝が来るのを待ちながら、しげじさんの手紙を何度も読み返し、ある決心をした。

「これは相当強いからね。できれば打ちたくないんだよ。本当にいいの？」

「お願いします」

「いい？　効果は三時間前後だからね。その後が辛いよ」

「どういうことでしょうか」

「今でもかなり痛そうだけど、それ以上ってことだよ」

「わかりました。お願いします」

「いいかい？　これだけは言っておくよ。君の肘は強い炎症を起こしている。今日はこの注射を打ってあげるけど、今後は君がいくら頼んでも打たないよ」

「なぜですか」

「強い薬っていうのは、効く分だけ副作用が強く出るんだ。君はまだ若いし、将来があるからね。このシーズンが終わったら、またおいで。ゆっくりここで肘を休めてリハビリをしよう」

「ありがとうございます」

「礼を言うのはまだ早いよ。今日は先発？」

「……」

「漏らさないよ。試合は何時？」

「十三時からです」

「よし、わかった。十二時半に僕が球場に行こう。そこで注射を打てば、効力を最大限に引き延ばせる」

「先生、そこまでしてもらわなくても……」

「かまわないよ。ちょうど昼休みだしね。それに君には心の底から感謝しているんだよ」

「？」

不思議そうな顔をした僕に、先生は黙って机の上を指さした。そこには小さな猫のぬいぐるみが、黄色と黒の縦縞のハッピを着て、おとなしく座っていた。

【十三時一分　一回表　〇―〇】

ユニコーンズの一番打者は右打席に入り、足場を固めてから、かみつきそうな強い瞳で僕をにらみつけている。ゆっくり深呼吸をしてから、僕は大きく振りかぶった。肘がしなる。腰が椅子に座った位置まで降り、中指と人差し指に負担がかかる。外角低めにまっすぐが決まった。大きな歓声が巻き起こり、口笛が鳴る。電光掲示板には百五十五キロの数字が見えた。

痛くない。あれほど僕を悩ませた痛みは、嘘のように消えていた。もう怖いものはない。今日決めてやる。

【十三時十五分　二回表　〇―〇】

軽く素振りをしてから、三冠王が打席に入ってきた。柔らかい瞳に無表情のこの男は前回の対戦では、僕のまっすぐを狙い撃ちしてきた。

初球桜野さんのサインはカーブ。小さく頷いた僕は、内角低めに投げ込んだ。そして、またしても嫌な感覚が来た。バットを振り出す前に小さな間があり、わずかに体が開かれると、打球は左翼手と中堅手の間を抜いていた。

「くそ！　俺のミスや。食えん人やなあ」

「何でですか」

「あの人、俺のそばに来た時に『へええ、あいつ肘治ったたのか』ってぼそって言ったんや。いろいろ考えてしもうてな、またまっすぐ待っとるんやろ、って、つい思っててな」

「大丈夫ですよ。後、全部抑えますから」

【十三時三十一分　三回裏　〇—〇】

無死一・二塁。四球と野選で走者が溜り、僕に打席が回ってきた。ミスは許されない。

ベンチを何度ものぞき込むが、サインが出ないのだ。いわゆるダミーといわれるもので、サインらしき仕草、腰を触ったり左手が帽子に触れたり、右手で左手首を握ったり、と様々な動作を三塁コーチがしてはいるが、何の指示も出てはいない。迷った僕は打席を外し、監督を見た。にやり、と笑うと監督は僕に背を向ける。まさかこの場面で『自由に打て』か。もう一度三塁コーチを確認。やはりダミーのサインだ。

打席に入り直した僕はもう迷わなかった。腰を落とし、バットの真ん中とグリップを握り、バントの構えをした。初球、二球目と低く外れる変化球、様子見は終わったのか、三球目に内角高めに速球が来る。バントをするには一番厳しい球だ。一塁手と三塁手が猛然とダッシュをしてくる。バットを持ちかえた僕は、その球を思い切りたたきつけた。高いゴロとなった打球は前進してきた一塁手の頭を越え、外野手が球を処理した時には、二塁走者が手をたたきながら本塁を駆け抜けていた。

一点止まりには終わったが、グローブをベンチに取りに戻った僕に、監督が声をかけてきた。

「ナイスバッティング」

「監督、バントじゃなかったんですか」

「当たり前や。今のうちの打線で、博打をうたんで、点が取れるかいな。後は頼んだで」

【十三時五十八分　五回表　一―〇】

三番打者を警戒し過ぎた僕は、七球粘られた末に、とうとう四球を与えてしまった。ゆったりとした歩調で、三冠王が打席へ歩いてくる。初球は外角低めにチェンジアップで、

「ストライク！」

バットは動かない。二球目はスライダー。ただし外角低めのボールゾーンからストライクを入れろ、というもので、これなら手が出ないだろう。中指が球を切る。想像通りの軌道で球は走っていた。しかし、それでも三冠王は当ててきた。打球は中堅まで達した。

「熱くなったらあかん。今のは、ええ球やった。打った奴を褒めるべきや。それより次に集中や」

上半身が土に汚れた二塁手の原田さんはさらに続けた。

「もっと打たせてええよ。僕の周りに来た球は全部取ったるからな。ま、さっきのは、取れんかったけど」

【十四時二十六分　六回裏　一—〇】

それにしても点が入らない。ユニコーンズの先発は、四十に手が届こうかというベテランのサウスポーで、決して速い球ではないのだが、低めを丁寧にさばいてくる。カーブ、チェンジアップ、スクリューボール、シュート、カットボール、といった多彩な変化球を交ぜてくるので、的がしぼりきれない。もう一つ付け加えると上背があり、長い手をくねらせて投げるので、球の出所が見えづらい。

この回もすでに、二死を取られ、僕はキャッチボールを始めていた。フォームを確認していると、後ろから、キンという乾いた金属音がした。

桜野さんがヘルメットを放り投げ、雄叫びを上げながら、グラウンドを一周している。

地鳴りにも似た大歓声が、スタジアムを包み、それはなかなか静まらなかった。

【十四時三九分　七回表　二―〇】

今まで封じてきた一番打者だったが、三周目になると、さすがに目が慣れてくるのか、執拗な右狙いを繰り返してきた。

僕の持ち玉は全てファウルにされ、困り果てた十一球目は計ったように、右翼手の前に落ちた。定石通り、二番打者には犠牲バントを決められる。三番打者を左翼へのフライに打ち取ると、またあの男が打席に入ってきた。

「タイム！」

大声がかかり、珍しいことに監督がやってきた。僕や捕手の桜野さん、一塁手のパトリック、二塁手の原田さん、三塁手の掛さん、遊撃手の吉家さん、皆ひきつって青ざめた顔で、監督の指示を待っていた。

「歩かせて次の五番で勝負や。今日は全然当たっとらん、ええな」

「監督、勝負しましょうよ。本塁打でも、まだ同点ですし」

「そうですよ。今日のこいつの出来なら、大丈夫です」

「いけますよ」

「何を言うとんのや。今日のあいつの振りを見てないんか」

「お願いです。勝負させてください。ここを抑えれば、ユニコーンズの士気は間違いなく下がります。そうすれば残り二回、もう向こうの四番には回ってきません」

「……」

「そうですよ、監督。ここを抑えて、もう一点取りゃあ、ほとんど決まりです。優勝ですよ」

「桜野、蜷木。配球は」

「えっ」

「フォークボール、外角低めに三球続けます。今日一球も、縦の変化球は見せていません。全て横の変化球で勝負してきました」

「ふん、意識して縦は使わんかったんやな。しゃあないな。勝負するか」

　バットがボールの真芯を砕く。乾いた金属音が残る。全ての歓声が消え、さくりさくりと土を掘るスパイクの音だけが聞こえる。その音は、一塁ベースを蹴り二塁を回り、三塁を抜け、本塁まで来ると、止んだ。

【十六時二十一分　十二回表　二―二】

肘は赤黒く腫れ上がっていた。注射の効力はすでに切れ、左肩から下の感覚は、もう何もなかった。痛みを通り越すと、なぜだか何も聞こえなくなった。大声援の中の無音、おかしな感覚だが、これ以上に表現するすべを知らない。

「おい、おい、大丈夫か」

「はい」

「おい、ほんまに大丈夫か、聞いとんのか」

「すみません」

「ほな、もう一回言うぞ。アウトカウントは二つ、走者は満塁や。わかるか」

「はい」

「打者はあいつや」

僕の視線の先には、確かに彼がいた。そう、三冠王だ。

『もうここまで来たら、勝とうか負けようかお前は代えん』。さっき監督はそう言うて、ベンチに戻らはったんや」

「はい」

「ええか、まだあいつに投げていない球がある。それはまっすぐや。俺まで頭に血が上って、こんな基本中の基本を忘れとった。ええな、とにかく低めに、全力のまっすぐをくれ」

「はい」

「もうここは三球勝負しかないわ。初球全力で外角低めにまっすぐ、次は同じコースにチェンジアップ、そして最後は」

「まっすぐ、ですね」

「よっしゃ、ここさえ抑えりゃ、三十分後は優勝の記者会見や」

サインの交換はなく、考えることもなく、僕の球は桜野さんのミットへと走る。

「ストライク・ワン！」

二球目のチェンジアップは見送られ、ツー・ナッシング。この男をここまで追い込んだのは初めてだ。汗が一筋頬を伝い、それを拭った僕は、滑り止めを指に塗して、走者を確認した。そして、大きく振りかぶり、腕を強く振った。

# 第六章　私を球場に連れて行って

夏休み前に、お父さんの転勤が急に決まったんだ。僕は、東京の赤羽から、関西に引っ越すことになった。二学期からの転校だよ。クラスメイトは、皆テレビの芸人さんみたいな話し方をする。僕が話すと、話し方が変だって笑うんだよ。しかも、皆プロ野球のブレーブスの帽子をかぶってるんだ。僕は野球なんて全く興味ないし、運動はまるで苦手。体が弱いから、皆がドッジボールをしていても、仲間外れで隅っこに座ってるだけなんだ。眼鏡をかけてて、背が低いって理由で、すぐにメガネザルなんてあだ名がつけられた。

食べ物も少し違うし、関西って馴染めないなあって、僕は毎日つまらなく思っていたんだ。

九月が終わって、涼しさを感じる頃になると、クラスメイトの雰囲気はだんだん変わってきた。一番の変化は男の子の帽子だ。模様が、ブレーブスから縦縞に変わってきたんだ。それに皆、朝から野球の話ばかりしてる。

「いや、やっぱビッグ・キャッツやろ」

「無理やって。勝てへんよ」

「そうかー、いけると思うけどなー」

そんな会話ばかりで、野球のルールも知らない僕は会話にも入れず、黙って聞くだけなんだ。

でもある日、放課後のチャイムが鳴って、帰りの支度をしていると、突然話しかけられたんだ。

「おい、メガネザル。いや、亀島君」

クラスの子から本名で呼ばれるのは初めてだ。しかも、その子はクラスの人気者の江本君だ。驚く僕に、江本君は両手を合わせ、お願いのポーズを作ると、愛嬌たっぷりの上目遣いでこう言ったんだ。

「亀島君のとこはテレビの大きさどれくらい？　俺の家はなあ、小さいねん。もしよかったら見せてくれんかなあ」

僕のお父さんはオーディオマニアで電化製品にはうるさい。うちには大型テレビがあった。

声をかけてくれたことがとっても嬉しくて、僕は

「いいよ」

とすぐ答えた。

僕の家は学校からそう離れていない。ホームルームが終わると、江本君は家にも帰らず、僕の家に直行した。

「なあ、俺の名前知ってるよな」

「うん、江本君でしょ」

「そうそう、よう知ってるやん。エモって呼んでくれてええよ」

確か十五時は過ぎていたと思う。とにかく僕は、江本君をテレビのある居間のソファに誘ったんだ。

「うわあ、本当にでかいわ。お前んちのテレビ。うらやましいなあ！」

江本君は目を輝かせて、僕にせがむんだ。

「さっそくやけど、テレビつけていい？」

「うん、もちろん」

言われるままに、リモコンを操作すると、画面から、ウオオという、低くくぐもった大歓声が聞こえてきた。

「うわー、勝ってる勝ってる。今日、決まるんちゃう？」

江本君は興奮しているけど、僕はわけがわからない。

「ねえ、江本君」

「エモでええって」

「じゃあ、エモ、これって野球だよね。ビッグ・キャッツってチームが勝ってるの？　僕、ルール全然わからないんだけど、教えてくれるかな」

「え、自分野球知らんの？」

それから僕はエモから、いろいろなことを教えてもらった。ストライクが三つでアウト、三つのアウトでチェンジ、外野フェンスを越えたらホームラン。点数が多い方が勝つ。試合は九回で終わり。

「じゃあ表裏っていうのは？」

「あのな、九回終わって同点なら、延長になんねん。表裏を繰り返すんやけど、裏が終わった時点でリードしてれば勝ちや」

「ふーん、でもこれって、二つアウトは取ってるけど、さっき教えてもらった満塁でしょ、まずいんじゃない」

「その通りや。この投手、腕が限界やで。しかも、相手は、あの三冠王や。この人はめちゃめちゃ打つ人なんや」

エモは、興奮してしゃべり続ける。

小高い丘の上では、ピッチャーとキャッチャーが作戦会議をしていた。二人はグローブで口元を隠している。

「何話してんの？　結構長いね」

僕が聞くと、エモは眉間にしわを寄せて答えてくれた。

「蛯木、そうとうヤバそうやな。この人、そもそも抑えなのに、今日ずっと相手打線を抑えてきたんや。なんや、最近肘痛めてるって聞いてたけど、気力だけでここまで投げてきたんやろうな。大丈夫やろか」

主審から声がかかり、キャッチャーは守備位置に戻っていく。

マウンドに残されたピッチャーはそう背は高くなく、頼りなく見える。でも、なんていうのかな、確かに僕にも感じるものがあった。顔色は青白かったけど、目には力があった。そして目が澄んで、透き通っているんだ。

大きく腕が振られると、球はすっ飛んでいき、バットをすり抜けるように、キャッチャーミットに突き刺さった。

「ストライク・ワン！」

主審が力強く拳を握る。

「うひゃあ。息が止まるわ」

エモと画面が、同時に歓喜の雄叫びを上げる。ピッチャーは眉一つ動かさない。水のように冷静に、次の投球フォームに入る。なんて美しいんだろう。大音量の声援の中、僕には、そのピッチャーだけが無音で、優雅に舞っているように見えた。

二投目、球はキャッチャーのミットに吸い込まれた。

「ストライク・ツー！」

「外角低め決まったで」

エモはいちいち、ソファに倒れ込む。

画面は観客席を映し出す。大きな旗が歓声とともに振られている。太鼓を打ち鳴らす人がいる。隣の人と手を取り合って跳ね回っている人もいた。そして両手を胸の前で組み、涙を流しながらお祈りをしている人。全ての人が、マウンドに注目している。

「この投手見てみ、顔なんか真っ白や。でも、もう一球ストライクが入ったら、三冠王も終わりやで」

エモは、食い入るようにテレビを見つめている。大歓声と絶叫の中、ピッチャーは、静かに立っていた。ずいぶん疲れているはずなのに、息も上がっていない。ただ静かな気迫だけが、彼を包んでいる。

汗が一筋彼の頬をつたっている。それを拭った彼は、滑り止めを指に塗して、走者を確認した。そして、大きく振りかぶる。気づくと三冠王は、大きな空振りをしていた。

「ひゃああ」

エモが後ろに転がると同時に、スピーカーがこわれたかと思うほどの拍手と絶叫。画面では紙吹雪が舞っている。

「これって三振でしょ」

「そうそう、大したもんや。この三冠王を打ち取るなんて。すごいすごい！　ビッグ・キャッツ、本当にこのまま優勝や！」

エモは大興奮で、ひたすら騒ぎ立てている。

僕は画面から目を離せなかった。攻守交代でベンチに向かうビッグ・キャッツのメンバーが、ピッチャーに飛びついていく。皆、こぼれ落ちそうな笑顔で、ピッチャーを小突きまくったり、肩を抱いたりする。

僕は何だか胸がいっぱいになったんだ。野球ってこんなに面白くて、どきどきわくわくするんだ。どうやったら、あんな風に速い球を投げられるんだろう。僕もやってみたい。この試合が終わったら、エモを誘ってみよう。たしか物置に、お父さんのバットやグローブが置いてあったはずだ。

画面を食い入るように見つめる僕の耳に、エモの大きな声が届いたんだ。

「そろそろ決まるかもしれんよ」

【十六時四十九分　十二回裏　二―二　一死三塁】

「辻長に変わりまして、川谷、代打川谷」

もうアナウンサーの声が聞こえない。全ての観客の足が踏みならされ、数万の手がたたき続けられる。重低音。地響き。悲鳴。そして、詰まった打球は三遊間を抜いていた。

【参考文献】

『プロ野球のサムライたち』小関順二著　文春新書　二〇〇四年
『監督たちの戦い』浜田昭八著　日本経済新聞出版社　一九九七年
『別冊宝島　最新ピッチング・テクニック』宝島社　二〇〇五年
『野村克也　全つぶやき』関西スポーツ紙トラ番記者著　ベストセラーズ　一九九九年
『「復活」十の不死鳥伝説』後藤正治著　文藝春秋　二〇〇〇年
『一流になる人　二流でおわる人』野村克也／米長邦雄著　致知出版社　一九九九年
『オン・ボクシング』ジョイス・キャロル・オーツ著　中央公論社　一九八八年
『牙　江夏豊とその時代』後藤正治著　講談社　二〇〇二年
『左腕の誇り　江夏豊自伝』江夏豊著　草思社　二〇〇一年
『江夏豊の超野球学　エースになるための条件』江夏豊著　ベースボール・マガジン社
二〇〇四年

『落合博満の超野球学　①バッティングの理屈』　落合博満著　ベースボール・マガジン社　二〇〇三年
『落合戦記　日本一タフで優しい指揮官の独創的「采配&人心掌握術」』　横尾弘一著　ダイヤモンド社　二〇〇四年
『彼らの神』　金子達仁著　文藝春秋　二〇〇四年
『獅子たちの曳光　西鉄ライオンズ銘々伝』　赤瀬川隼著　文藝春秋　一九九五年
『神様、仏様、稲尾様』　稲尾和久著　日本経済新聞出版社　二〇〇四年
『パーフェクト阪神タイガース』　改発博明著　南雲堂　一九八九年

〈著者紹介〉
大藤 崇（おおふじ たかし）
1967年、大分市生まれ。久留米大学比較文化研究所修士課程中退。
国際政治専攻。海外20数か国を歴訪後、オーストラリアに2年間留学。
帰国後、複数の病院や会社の経営に携わる。現在、医療法人理事長。
病院内ホームページでブログを日々更新中。

# 野球の子

2023年9月15日　第1刷発行

著　者　　大藤崇
発行人　　久保田貴幸

発行元　　株式会社 幻冬舎メディアコンサルティング
〒151-0051　東京都渋谷区千駄ヶ谷4-9-7
電話　03-5411-6440（編集）

発売元　　株式会社 幻冬舎
〒151-0051　東京都渋谷区千駄ヶ谷4-9-7
電話　03-5411-6222（営業）

印刷・製本　中央精版印刷株式会社
装　丁　　堀稚菜
装　画　　ふすい

検印廃止

Printed in Japan
ISBN 978-4-344-94534-0 C0093
幻冬舎メディアコンサルティングＨＰ
https://www.gentosha-mc.com/